www.ingramcontent.com/pod-product-compliance
Lightning Source LLC
Chambersburg PA
CBHW051424150726
48000CB00005B/1941

هند راشد البلوشي، إماراتيَّة مِن مواليد دبي، ذات شخصية قيادية طموحة، تعمل في بلدية دبي منذ أكثر مِن أربعةَ عشر عامًا في مجال تطوير الأنظمة والخدمات في مؤسَّسة تنظيم وترخيص المباني.

تخرَّجَت في جامعة دبي في مجال علوم الكمبيوتر، تحبُّ العلم والتعلُّم، شغوفةٌ بالقراءة والكتابة، ولدَيها ميول أخرى في التنسيق والديكور والأزياء.

تعشق الكتابة منذ صِغرها؛ فكانت تشارك في منتديات عديدة خلال السنوات الماضية، مِن أشهرها منتدى الشاعرة مطلع الشمس، ولدَيها بعض المنشورات في الجرائد والمجلَّات.

الإهداء

إلى نفسي مع التَّحيةِ والسَّلام.

وكلُّ الحبِّ إلى أمِّي وأبي.

إلى أختي الوحيدة عائشة.

إلى ديم الجميلة التي وثَقَتْ بي.

إلى العابرين والعابرات.

إلى صديقاتي وزميلاتي وزملائي وكلِّ مَن يقرأ.

إلى العالقين في دوَّامة مع أشخاصٍ نرجسيّين وانتهازيّين.

إلى كلِّ امرأةٍ حنونٍ لطيفة تعيش في دوَّامةٍ، ولا تعرف الخلاص.

إلى كلِّ الطَّاهرات العفيفاتِ الأميراتِ اللَّاتي أحببنَ بصدقٍ،

وغُرِّرَ بهنَّ.

إلى كلِّ الرّجال الغارقين في حبِّ امرأةٍ استنفدَت طاقاتِهم..
أموالِهم، ورمَتهم وهربَت.
الرِّوايةُ كَنزٌ لكم.

هند راشد البلوشي

هند راشد البلوشي

أحبَبتُ نرجسيًّا

AUSTIN MACAULEY PUBLISHERS™

LONDON • CAMBRIDGE • NEW YORK • SHARJAH

شكر وتقدير

كلُّ الشُّكر والتَّقدير إلى كلِّ مَن شجَّعني على إصدار "أحبَبتُ نرجسيًّا".

شكرًا أبي وأمِّي وزوجي وصغاري.

شكرًا منَى جابر على الحماس والتشجيع.

شكرًا دارَ أوستن ماكولي على كلِّ شيءٍ.

رسالة "واتساب"

رسالة "واتس آب" هزَّتني، أنسَتني نفسي، حرَّكتني، بعثرَتني، لملَمَتني، أطاحت بحصوني التي كنتُ أبنيها إذا عاد، وألغَت بداخلي سجِلًّا كبيرًا حفظت فيه عبارات قذف وشتم وقهر كنتُ قد جمعتُها منذُ أعوام في انتظار عودته.

فرسالة منه بعد كلِّ هذا العمر هدمَتني وأطاحت بكبريائي أرضًا، وكلُّ ماكنتُ أقوله للأصدقاء والأصحاب ومعارفنا المشتركين عنه: "إنِّي سوف أنتقمُ منه، ولن أعطيه فرصةً مِن بعد كلِّ تلك الفرص إذا عاد، وإنِّي لن أتركَه يتحدَّث، وإنِّي سأغلق هاتفي عنه عمرًا، وأهربُ مثلما فعل، إنَّ هذا الرَّجل خسيسٌ وصوليٌّ انتهازيٌّ، وإنِّي سأتركه بلا وداع، ولا هلَا ولا مرحبًا ولا إلى اللقاء، وسأُخبِره أنِّي لَم أعُد أحبُّه، ولَم يَعُد يعنيني، وإنِّي لَم أعد أريد أن أعرفه، ولا أحتاجه أبدًا في حياتي.

لَم يُرسِل حرفًا طوال سنوات غيابِه إلّا حينما عَلِمَ بيوم زفافي، عاد وكأنَّ شيئًا لَم يكن، فبطاقة الدعوة مؤكَّدًا وصلَته،

وعلِمَ بأنّي سأتزوَّج رجلًا طيّبًا، خلوقًا، كريمًا، يُحبُّني ويبحثُ عن سَعادتي، رجلًا وليس كأيِّ رجل، هو إنسانٌ طبيعيٌّ، يسمعُني ويحترمني، حَنونٌ جدًّا، نتّفق رغم اختلاف شخصيّاتنا، إلّا إنّه يعرف كيف يُطفِئني!

فأوَّل ما دار في عقلي في تلك اللَّحظة هو أن أتمالكَ نفسي، وأن أكون قويّة ولا أضعف أبدًا، وأن أتجاهله.

أريدُهُ أن يعرف أنّي سعيدة جدًّا بقراري، فاللَّيلة زفَّتي، فستاني الساتان الأبيض المدموج بالتول والدانتيل الفرنسيّ، المصمَّم خصِّيصًا لي، يتدلَّى ذيله مِن الخزانة، تاج العروس المرصَّع باللؤلؤ أمامي، والذي صُمِّم على شكل البتلات المنتشرة في قاعة الحفل.

شبْكتي التي عُقِدَ بها قراني تبرق في العلبة، خاتم الخطبة لماركة عالمية شهيرة محفور به حرفه وحرفي، محكمٌ في إصبعي، بتلات الورد منقوشة بالحنّاء على يدي، كلُّ شيء كان مستعِدًّا لفرحي!

أمّي، أبي، إخوتي، والجميع سعيد، ويتراءَى لي وكأنَّني للتوّ صحوتُ مِن مخدّرٍ دام لسنواتٍ، فالمدعوون على حضور، والحفل قائم هذا المساء، والمصوِّرون قادمون، والنادلون

والطبَّاخون في الفندق يستعدُّون لتقديم ضيافة ملكيَّة للحضور.

كلُّ شيء كان مرتَّبًا ترتيبًا دقيقًا، الكوشة المليئة بالورد، زفَّةُ العروس، الشيكولاتة الفرنسية، والموسيقى الكلاسيكيَّة التي سأترنَّح عليها، حتَّى البخور صُنِع خصِّيصًا لهذا المساء، كلُّ شيء كان مستعدًّا لي هذا المساء.

أمَّا عقلي فيتمتم: أنتَ يا خالد لا شيء بالنسبةِ لي، فدَعوَتي عليك مستجابة ذات يوم أن يرزقك الله بفتاة تحمل عذابي، وها قد رزقك الله بثلاثٍ سيحملنه.

كلُّ ذلك الشريط نسِيتُه، ولا كأنَّني سيدةُ الحفلِ اليوم، ولا كأنَّني أضعتُ مِن عمري ما يُقارب العشرين عامًا بعلاقة غير متكافِئة، ثمانية أعوام عِشتُ الجحيم، وثلاثةَ عشر عامًا في انتظاره لعلَّه يعود.

وكأنَّه لَم يُسقطني أرضًا صريعةً أعاني مِن أمراضٍ متعدِّدة لا أعرفُ أسبابها.

بعد رسالته تلك أصبحتُ صغيرةً قزمةً بحجم ثقب إبرة، أقرؤها ألف مرة، أتأكَّد منها، أتلمَّس شاشة هاتفي، أعيد قراءتها، طِرتُ فرحًا، سقطتُ أرضًا، صرختُ، رقصتُ، صفَّقتُ، بكَيتُ وكلَّ مَن حولي في الغرفة في ذهول، ما الَّذي حدث؟ ما الذي

يجرى؟ فقلبي المخفوق في عالَم آخَر يرقص بجنون وكأنَّ مهرجانًا موسيقيًّا أقيم فيه، وكأنَّه العيد.

خالد في رسالة: "ديم، لا، لا أرجوكِ، لا تتزوَّجي، ما قدرت، أتذكَّرك، أحتاجك، أكلِّمك، ممكن؟"

المرسِلُ لَم أتوقَّعه أبدًا، ولَم يخطر ببالي مَن يكون! فعقلي منذ تلك السنوات عاش في غيبوبةٍ اسمها خالد!

أفزعَتني رسالته تلك، فهو يريد أن يحطِّمني ويُبقيني على ذمَّة حبِّه للأبد بلا ذمَّة أو ضمير.

خالد يريد أن ينبت بي مِن جديد، فالذي لَم يكن متوقَّعًا قد حدث! الهارب النَّاكر يتَّصل، فلَم يأتِ أيُّ شخص على بالي ذلك الوقت إلا هو؛ لأنّي لَم أكن أعرف رجلًا غيره، لا قَبله ولا حتَّى بعده.

لَم أتوقَّع حضوره أبدًا، فهو حينما رحل أوصد جميع الأبواب خلفه، وأقسم أنَّني خائنة، وتركني بلا أملٍ أو حتَّى بصيص للعودة وهرب.

هو لَم يرحل بل هرب مهرولًا للعالَم، فرَّ وتركني يتيمة أعاني فراقه، خرج وكأنَّ بابًا مِن أبواب الجنة قد فُتِحَ له، وكأنَّه هرب مِن الجحيم، ولم يترك لي أيَّ طريق للعودة أو حتَّى عنوانًا أو رقم

هاتف، أغلق عنِّي كلَّ النوافذ والأبواب وخنقَني؛ لهذا لَم أتوقَّع رسالته تلك.

لَم أتجاوب مع المرسِل مباشرة حتَّى تعرَّفتُ على رقم المرسل عن طريق أحد البرامج، وظَهر لي اسمه (خالد).

أغمضتُ عيني لبرهةٍ، تذكَّرتُ اليوم الأسوَد ذاك، فقد نمتُ على هزَّةٍ أرضيَّة لا تتوقَّف، هدَّت حصوني، أربكَت كياني، وعصفَت بأوراقي، ولخبطت كلَّ حساباتي وأودَت بي، فلأعوامٍ طويلة وأنا معلَّقةٌ ولا أعرف إن كنتُ حيَّة أم أنا فعلًا أموت!

خرجتُ بلا شعور مِن غرفة العروس، تأرجحتُ في الممرَّات، طرتُ في السموات، وارتمَيت في بئر أرتوازيَّة عميقة جدًّا ليس لها آخِر.

مشاعر متناقضة احتوَتني، فرحةٌ عارمة احتلَّتني، سعيدة وحزينة، لا أعرف ما بي!

وقفتُ في بهو الحديقة الداخليَّة للفندق أنظر إلى السماء وهي تمطر بغزارةٍ، وكأنَّها تضربني بسياطها، تذكِّرني بما حدث، لا تنسي يا ديم، لا تنسي الذي حدث.

خارت قُوَاي تحتَ المطر، رجلي لا تحملني، تصلَّبت ورفعتُ رأسي للسماء، وقلتُ: يا ربَّ البشر، كيف المفرُّ؟

لا أريد أن أعود لهذا الرجل، يا ربّ، وجِّهني، وجِّهني! يا ربِّ سَيِّرني! يا ربِّ علِّمني، درِّبني، أوصِلني لما تريده أنتَ لي لا إلى ما يريدهُ قلبي! يا ربِّ قوِّني وأطبِق على قلبي صبرًا لأحتمل.

النَّرجسي الذي أحببتُه أكثر مِن كلِّ شيءٍ قد عاد، هو نفسه مَن أضاع أجمل سنوات عمري، ووعدَني أنِّي سأكونُ حليلتهُ، وأمَّ أولاده الثمانية، وأنِّي لن أعرف رجلًا بعده، وسأظلُّ أحبُّه ما حييتُ، وأنَّه الرجل الوحيد في هذا العالم الذي سأحبُّه للأبد في حياتي.

كنتُ صغيرة حينما عرفتُه وأحببتُه، كان خالد أوَّل رجلٍ غريب يدخل حياتي، حادَثني ليلًا، أوَّل مَن لمس يدي، وأوَّل مَن قابَلني.

وتراءي لي شريط سينمائيٌّ طويل عريض بأجزاء متنوِّعة، تفاصيله سعيدة، وكثير منها حزين ومؤلِم وقاهر.

حينما عرفتُه كنتُ في أوَّل سنةٍ جامعيَّة، كان عمِّي يتحدَّث عن دمائة أخلاقه، رجولته واحترامه لأهله وللناس والآخرين، رغم معاناته الأسريَّة إلَّا إنَّ هذا الرَّجل لا يفوِّت ولا يضيِّع وقته في المهاترات والعلاقات النسائيَّة والبنات، وجلُّ وقته يقضيه في المسجد والقراءة والكتب والتعلُّم، حتَّى إنِّي تصوَّرتُه ملاكًا في خيالي.

لمعَ في عيني، كبرَ في رأسي، وعلق بي وبعباءتي، فأصبحتُ أرسمه في خيالي، وأتصوَّرُ نفسي مع هذا الرجل وأنا أنظِّفُ أسناني، وأنا أسرِّح شعري، وأنا آكل وأعيش.

كنتُ مرَّشحةً جيِّدة له بعدما تزوَّجَ لمدّةٍ قصيرة جدًّا ولَم يوفَّق في هذا الزواج، ولظروفٍ انفصلَا، بعدها بفترةٍ ظَهرَ في حياتي حينَما كنَّا مجتمعين لخطبةِ ابنة عمِّي، جاء خالد مِن ضمن الحضور لتلك الخطبة، ورأيتُه جالسًا في مجلس الرجال، مهندمًا، مهتمًّا بنفسه، رغم كبر سنِّه لَم أرَ تجعيدةً في وجهه، ولا شعرة واحدة بيضاء في خصلات شعره! ملامحه عاديةٌ، متوسِّط الطول، شعرهُ كثيف يغطِّي أذنيه، أنفهُ دقيق، ذو عينين بنيَّتَين كَلَونِ حبَّة قهوة برازيليَّة سمراء، بشرته حنطية تميل للبياض، ولكنَّ وجهه كانَ حزينًا، عيناه متعَبتان، شفتاه مملوءتان.

لَم يكن وسيمًا جدًّا، ولكنِّي كنتُ أراه أجمل رجل على ظَهر هذه البسيطة.

خرج الرِّجال مِن المجلس، وركب كلٌّ منهم سيارته للمغادرة، فالخطبة انتهَت على خير.

كنتُ أريد أن أرمقه لآخِر مرَّة قبل أن يغادر، جريتُ مسرعة إلى الدَّور العلوي لأراه، ولكنَّ النَّافذة الكبيرة في التَّراس المطلّ على الشارع عالقة لا تُفتَح بسهولةٍ، وتُصدِرُ صريرًا عاليًا في فناء

المنزل، فتحتُها بقوَّة، وخرجتُ أنظر إلى الشارع يمينًا ويسارًا، أين هو؟

ودون شعور صرختُ ونادَيت:

- عمِّي، عمِّي، لحظة.. أمِّي تقول إنَّكم نسيتُم شيئًا!

عمِّي في ذهول:

- نسينا شيئًا! لا شيء كان معنا لننساه!

وعاد عمِّي للبيت ليتفقَّد ما نسِيَه، ونظر خالدٌ للأعلى ليرى مَن كان المنادِي!

رفع رأسه، رآني واقفة أرتدي قفطانًا سماويًّا به رتوش ذهبيَّة، وشعري المتطاير كأنَّه دوامة حولي.

كنتُ أحدِّق به وهو يحدِّق بي، ابتسمَ، فهربتُ وعدتُ للداخل بسرعةٍ، وحديث داخليٌّ صامتٌ دار بيننا، كنتُ أسمعه وهو يقولُ: مَن تكون؟

أنا منذ النظرة الأولى تلك تعلَّقتُ به وشبكتُ به، شعرتُ بمغناطيس جذبَنا لبعضنا، عاطفة غامرة هزَّتنا عند اللقاء الأوَّل وكأنَّ حبلًا طويلًا امتدَّ بيني وبينه، وكأنَّه روحي!

أحببتُه مِن أوَّل نظرة وكأنَّني أعرفه وعشتُ معه ولا أدري متى وأين!

جاء بي الله إلى هذه الخطبة لأراه يغادر، يقلب الدُّنيا على رأسي ويذهب، كانت تلك الشرارة التي أشعلَتني، والصاعقة التي عصفَت بقلبي، وأردَتني قتيلةَ حبٍّ مِن أوَّل نظرة.

وفي اللَّيلة ذاتها سمعتُ أنَّه خارجٌ مِن علاقة زوجيَّة دميمة دمَّرَت إنسانيَّته ورجولته، وخرج منها مقهورًا بعد زواج لَم يدُم شهرًا واحدًا استنزفَ أمواله، وجرحَ كرامته كرجلٍ وحطَّمه.

أتذكَّر بطاقة دعوة زفافه مِن تلك المرأة، كانتِ الدَّعوةُ جميلةً بيضاءَ في علبة كرتونية بها زخرفاتٌ فضيَّة ووورديّة، ويبدو أنَّها كانت باهظة الثمن في ذلك الوقت، احتفظتُ بها لفترةٍ طويلةٍ رغم عدمِ وجود علاقةٍ بيننا، ولكنّي أُعجِبتُ بها وحفظتُها عندي بزعم أنّي حينما أتزوَّج سوف أختارُ مثلها.

وبعد سنواتٍ عرفتُ لماذا احتفظتُ بالبطاقة؟!

***

يهتمُّ الرَّجلُ النرجسيُّ بمظهره الخارجي بشكل مبالغٍ، ويحاول إخفاء علاماتِ التقدُّم في السنِّ مِن خلال زيارة أطباء التَّجميلِ للتخلُّص مِن علاماتِ كبر السنّ والتَّجاعيد، وغالبًا ما تراه أنيقًا ومرتَّبًا مهما كانت ظروفه ومشكلاته.

***

إنَّها الأقدارُ يا سادة، أومن بتقديرات السماء، وأنَّ لكلّ حدثٍ في الدُّنيا سببًا ودرسًا يجبُ أن نتعلَّمهُ، وأنَّ الخير لا يأتي إلَّا بالخير، وأنَّ الشرَّ لا يأتي إلَّا بالشر؛ فهو مرجوعٌ وإن تأخَّر، وأنَّ الأقدارَ التي يكتبها الله لنا أجملُ مِن التي نخطِّط لها نحن البشر.

كنتُ حريصةً لأن أعرف تاريخ خالد، يوم ميلادِه، أين يقطنُ، مع مَن يعيش، كلُّ شيءٍ عنه، كلُّ شيء!

وعرفتُ أنَّه لَم يعِش طفولةً زهريَّة بين أمٍّ وأب رغم وجودهما معًا، ترعرعَ في كنفِ جدِّه، وحُرِم مِن الحياة الأُسريَّة السويَّة والتي تُعتَبرُ عاملًا مهمًّا في تربية طفلٍ سَوِيٍّ سعيدٍ يعيش مع والدَيه، فيحترم ويقدِّس قوانين الحياةِ والمرأةِ، ويفهمُ أصولَ الحياة الأُسريَّة، وأنَّ للمرأة احترامًا يجبُ أن يقدَّس.

كنتُ أقول في نفسي: "أنا أمُّه، أنا أبوه، أنا عوضُ السَّماءِ له، أنا التي ستهتمُّ وستحبُّ وستحنُّ وستعطف".

كنتُ أشعرُ وكأنَّني المسعِفُ الذي جاءَ ليحتوي خالد مِن برد الزمان، كنتُ أظنُّ أنَّني المنقذ والملجأ رغم فارقِ السنِّ الذي بيننا؛ حيثُ إنَّه يكبرني بكثير.

18

يعملُ خالد ضابطًا في الشُّرطة، وأصبحَت تجمعنا الصُّدَف في ازدحامات دبي، ولَم أكن متأكِّدة هل تعرَّف عليَّ أم لا مِن خلال تلك الصُّدَف، فاستعنتُ بصديقة، وحصلتُ على رقم هاتفه المتحرِّك، وأضفتُه في قائمة الاتِّصال، ومكثتُ شهورًا أفكِّر ماذا أفعل، وكيف أبدأ.

وقرَّرتُ أن أبعث برسالةٍ، وتراجعتُ وفكَّرتُ جيِّدًا، وتراجعتُ وغيَّرتُ الخطَّة مرات، وبعد صلوات واستخارات تشجَّعتُ فقرَّرتُ أن أتَّصِل، فمِن المخجِل أن أسأل، ولا يمكن أن أستشير أيَّ شخصٍ ليدلَّني على تصرُّفٍ مناسبٍ؛ فهذا عيب وحرام ولا يجوز إطلاقًا.

وبعد استخارات وصلواتٍ تشجَّعتُ واتَّصلت به لأسمع صوتَه، جاء صوته:

خالد:

- ألو.

ديم بخجل:

- هلا فطوم.

خالد:

- فطوم! مَن فطوم؟

ديم:

- مَن أنتَ؟ أريد أن أحادث فطوم.

خالد:

- هذا مش رقم فطوم!

ديم:

- لا والله! متَّفقات نلتقي اليوم، لا تغضبني، أنتَ مَن؟ أخيها؟ إممم.. يبدو أنَّني حفظتُ الرقم بالخطأ.. ليلة أمس التقينا صدفة، وأخذتُ رقمها في المول، والظاهر أنِّي نقلتُه بالخطأ، يا ألله، فرصة سعيدة.

خالد:

- هلا والله، أنا أسعد.

جرَّبتُ معه هذه الأكذوبة بأنِّي مخطئة في الاتِّصال، وأنِّي أبحث عن فطوم، ولا أعرف حقيقةً مَن هي فطوم!

كان الموقف بيننا طريفًا مليئًا بالضحكات، كنتُ أريد أن أقيس نبضه، وأعرف مداخله، ولأنَّني قليلة الخبرة والحيلة في الرجال، لَم أكن أعرف إلَّا أبي وأعمامي وأخوالي، وأردتُه! تصرَّفتُ دون تفكير، لَم أكن أحسب حساب عواقب هذا التصرُّف، وأنَّ هذا الرجل (نسونجي)، سهل، سريع لعوب ومتمرِّس، يعرف كيف يُوقع الفريسة دون عناء.

بسهولة تعارَفنا وتحدَّثنا وضحكنا وارتبطنا، كانَ تعارفُنا كأيّ تعارُف، نتحدَّثُ في اليوم مرَّةً.

كان معي لطيفًا، مرِحًا، ودودًا، رجلًا مثاليًّا، وكنتُ أقول في نفسي: غبيَّة طليقتهُ! كيف دمَّرَت حياتَها معه وهربَت؟! فهذا الرَّجل لا يُعوَّض.

ديم: ما اسمكَ؟

خالد بصوت هادئ:

- إممم.. اسمي خالد.

وكنتُ أعرف أنَّه يكذب عليَّ بالاسم، فهذا ليس اسمه الحقيقي.

خالد:

- وأنتِ؟

ديم:

- ديم.

خالد:

- ما معنى ديم؟

ديم:

- الدّيم هو المطر الذي طالَ هطوله في سكون.

خالد:

- الله! الاسم والمعنى جميل.

ديم:

- شكرًا مِن ذوقك.

خالد:

- ديم.. تحبِّين المطر؟

ديم:

- أعشقه ومتيَّمة به.

خالد:

- مثلي.. تشبهينني بعض الشيء!

ديم:

- لا أشبه أحدًا، احترِس!

ضحكنا سويًّا، فتحنا الأوراقَ وتعارَفنا، فالبداياتُ في الحب دائمًا جميلة، لطيفة، تُشعِرُكَ وكأنَّك تملكُ العالم، وكأنَّ الطُّيور والعصافير في هذا الكون تغرِّدُ لأجلك.

سرقَ مِنّي النوم، وتعلَّمتُ السَّهر، فالعشَّاقُ لا ينامون، وإن ناموا يظلُّ الحبُّ مشتعلًا في داخلهم، فهم ينامون ولا تنام قلوبهم.

كنتُ أرسل له في كلِّ صباح رسالة نصيَّةً: "صباحُك سكَّر".

ويردُّ خالد: صباحُكِ وردٌ يا حلوة! صباحك فول وطعمية يا سمينة.

خالد:

- فطرتِ؟

ديم:

- سوف أفطر قريبًا.

خالد:

- غريبة.. السَّمينات يستعجلن بالفطور قبل أن يفرشن أسنانهن!

ديم:

- هه.. لَم يضحكني الموضوع أبدًا، فأنا لستُ سمينة، وسنرى مَن هو السمين فينا.

خالد:

- صوتك ولهائك يدلُّ على ذلك.

كان يريد أن يلفت انتباهي باهتمامه وحرصه وفكاهته، وكنتُ مصمِّمة أن أجعله يعلَّقُ بي، خطَّطتُ لأن أدخلَ في عالمِهِ، ويجدني في كلِّ شيءٍ حوله.

كنتُ صباحًا أكتب له، ومساءً أحادثه، لَم يخبرني عن عمله ولا عن أيِّ شيءٍ، ولَم أكن مهتمَّة لأعرفَ؛ لأنَّني أعرفه جيِّدًا.

هو لا يعرفُ إلّا ديم التي اتَّصَلَت مخطئةً وتريد فطُّوم، أمَّا أنا فأعرف حقيقته وتاريخه وحاضره وماضيه، وأعرف أنَّ اسمه الحقيقي ليس بخالد، وإنَّما سلطان أحمد.

في يوم خميس وأنا عائدةٌ مِن الجامعة اتَّصَل بي وأنا أستمع لأغنية (محمد عبده) "أنت معاي ولا أنتَ ناوي تبتعد عن خطِّ سيري".

خالد:

- تحبِّين محمد عبده؟

ديم:

- نعم، وأحبُّ الكثير معه، يوقفني القصيد والكلمات أكثر مِن المطرب.

خالد:

- أها! ماذا يقول في الأغنية؟

رفعتُ صوت الموسيقى ليسمع، وقلتُ له:

- أتحبُّ أغاني محمد عبده؟

- طبعًا، أشعر وكأننا توءمان، وفينا تشابه غريب أنا وأنتِ!

ديم:

- إممم.. يبدو ذلك.

في قرارة نفسها تقول: يا ربِّ شكرًا، شكرًا لأنَّكَ أعطيتَني رجلًا يشبهني، وإنِّي سريعًا سوف أصل إليه وأتمكَّن منه، فنحن نتشابه.

في داخلي دنيا تضحك، عالم مشاكسٌ يريد أن يلتهمه، فها هو خالد علَى ذوقي، يحبُّ ما أحبُّ، ويسمع ما أسمع.

كان لطيفًا جدًّا، ودودًا، صوتُه هادئٌ، تفاعلُه جيِّد جدًّا، أصبح مهتمًّا بي؛ يحادثني، يضحكني، يكتب لي الرسائل، نتحدَّثُ كثيرًا عبر الهاتف، حتَّى على الإنترنت كان يراسلني في كلِّ الوسائل المتوفِّرة في ذلك الوقت.

عشنا أيَّامًا جميلةً؛ يتَّصل بي يوميًّا بعد عودتهِ مِن عمله، يتحدَّث معي قبل أن تبدأ محاضراتي، كنتُ أشعر وكأنَّ الله بعثَنا لبعض.

كنتُ أستشعر سعادته مِن صوته، كنتُ لطيفةً، مدلَّلة، سعيدة معه.

كنَّا نتكلَّمُ مع بعض، يخبرني ببعض النكات، فدمه كان خفيفًا، نتحدَّثُ عن الحياة عامَّة وكأنَّنا أصدقاء نعرف بعضنا منذُ زمن وليس مِن مدَّةٍ قصيرة لا تتعدَّى الأشهر، لَم أكن أعلمُ أنَّ خالد ماهرٌ، ماكرٌ، متلاعبٌ، يعرف كيف يبدأ الحرب، وكيف يصطاد المرأة ويوقِعُها في شباكه.

وفعلًا وقعتُ في شباكه! قد يكون السبب شحَّ تجاربي في العلاقات مِن قبل، وكلُّ ما مرَّ علي في حياتي كانت إعجابات ونظراتٍ ومغازلاتٍ عابرةً مِن عابرين في الجامعة وأبناء الجيران.

لَم يخبرني خالد عن تجربة زواجه الفاشلة تلك، ولا عن والدَيهِ، ولا عن جدِّه وجدَّته، بل كانت محادثاتُنا وديَّةً مسليَّةً بشكلٍ عامٍّ.

لَم أتسرَّع في كشف أوراقي، وكنتُ أطبخه على نارٍ هادئةٍ، وأريد أن أدخل لحياتهِ بهدوء، فلَم أعترف له مَن أنا، فأنا لا أتوقَّع ردَّة فعله إن اعترفتُ، وحتَّى لا تسوء سُمعَتي وأخسرُ السَّعادة التي أعيشها صبرتُ وصمَتُّ.

كنتُ أُحادثه سرًّا ولا أحد يدري سِوَى الله، كنتُ أخشى أن تعرف أمِّي أو أن تسمعني أختي علياء التي تصغرُني بعامين، وتخبر والدتي.

كان أخي سالم صغيرًا في المدرسة، أمَّا أختي الكبرى سديم فكانت مشغولةً في تحضيرات زواجها مِن ابن عمتي.

كان والدي طيارًا، ولَم نكن نراه إلَّا أسبوعًا في الشهر؛ فهو مشغولٌ طوال أيَّامه، يوفِّر لنا كلَّ ما نحتاجُه وما لا نحتاجه حتَّى نكون بخير، فعائلتي مترَفة، مرفَّهة وسعيدة، وكان ينقصنا الاجتماع مع والدَيَّ على مائدةٍ واحدةٍ كلَّ يوم.

عشتُ مدلَّلة في صغري، وارتدَيتُ أفخم الملابس الثَّمينة بصناعاتٍ أجنبيَّة، وأحذية وألعابًا لَم يكُن أحد في حيِّنا أو أقاربنا يملكها.

فالبحبوحة التي كنتُ أعيشها لَم تعوِّضني غياب والدي، كان شيئًا واحدًا دائمًا ينقصني، خطبٌ ما بداخلي أبحثُ عنه، ولَم أكن أعرف أنَّه والدي، إلى أن كبرتُ وقرأتُ وعرفتُ أنَّ الإنسان ابن بيئته، وأنَّ البيئة المحيطة به منذُ طفولته هي أهمُّ مرحلة في حياته، فهي العجينة التي ستشكِّله وتبنيه سَوِيًّا، أو تقتل الطفولة فيه حيًّا.

كنتُ فتاة غريبةً، مدلَّلة ومتعبة، مترفةٌ ومستنزفةً، مرحةً وحزينة، كنتُ أنفرُ مِن مشاهدة الرُّسوم المتحرِّكة مع الصِّغار، أحبُّ أن أذهب لأشتري الحلوى مِن بقالة الحيّ، فمصروفي اليومي لا أتوقَّع أنَّ أحدًا كان يملكه مِن أبناء الحيّ إلَّا إذا كسر حصَّالته بعد مرور ثلاثة أو أربعة أعياد.

لا أستطيع أن أصفَ طفولتي أبدًا، فحينما دخلتُ حياة خالد ظننتُ أنَّ كِلَينا متشابهان في الفَقد، وأنَّ ما فقدَه خالد في طفولته فقدتُه أنا رغم تغيُّر الظروف، وأنَّنا العوضُ الجميلُ لبعضِنا، فكنتُ على يقينٍ تامٍّ أنَّه سيحبُّني وسنعيش سَوِيًّا وللأبد.

كان همِّي وشغلي الشَّاغل أن أفوزَ به مهما كانت الخسائر.

في يوم جمعة لعام 2003، وسماء دبي تُمطِر صيفًا بغزارة ونحن على مائدة الغَداء مجتمعون، ذكَّرتنا أمِّي أنا وأخواتي بدعوة حفل عقد قِران ريم ابنة جارتنا أمينة، وأضافَت:

- يوم جمعة ومطر في الصيف وليلة مباركةٌ، سمعتُ عن العديد مِن المناسبات اليوم، خطبة ريم وابنة هاشم صديق والدكم، حتَّى عمكنَّ أخبر أباكنَّ أنَه هو وزوجته هند وأختها ذاهبون لخطبة عروسٍ جديدةٍ لخالد.

عقبالكنَّ يا بناتي، أفرح فيكنَّ عرائس مع رجال يستحقُّون هذا الجمال، عمُّك تمنَّاكِ زوجةً لخالد؛ ولكنَّنا لَم نتشجَّع، فما زلتِ في أوَّلِ سنة في الجامعة، وصغيرة على الزَّواج بعد!

وأضافَت: أسألُ الله أن يرزقه خيرَ البنات، ويعوِّضه خيرًا هذه المرَّة.

الجميع منهمك ويأكل، وأمي تتحدَّث ونحن مستمِعات.

ديم بذهول:

- أمِّي.. عمَّن تتحدَّثين؟ مَن هو خالد؟

أمِّي:

- خالد ابن أخت زوجة عمك هند.

ديم بصدمة:

- مَن؟! ومتى خطب؟!

أمّي باستغراب:

- شفيك؟ لا أعرف متى؟ وما يهمِّني متى؟ الله يوفِّق الجميع، وعقبالك أنتِ وعلياء بعد الانتهاء مِن الدراسة طبعًا.

ديم:

- هل أنتِ متأكِّدة يا أمي؟ ومَن تكون العروس؟

الأُمُّ:

- مِن الشارقة، تعمل جرَّاحة في أبوظبي.

ديم:

- بهذه السرعة يا أمّي! لَم يمرَّ على انفصاله سِوَى أشهر ويخطبون له!

أمّي:

- الله ييسِّر له ويكتب له الخير، ويعوِّضه بالأفضل، ماذا ينتظر حتَّى يصبر؟ العدَّة! وهي تضحك: كبر ولَم يعد صغيرًا حتَّى ينتظِر.

في هذا اليوم بالذَّات لا أعرف ما الذي أُصِبتُ به! وما الَّذي حدث! شعرتُ بدوار كبير يحوطني، وبركان يثور بداخلي، أرى كلَّ الأثاث مِن حولي يدور، أمّي تتحدَّث وتدور، أخواتي، أخي،

جميعهم يتناولون الطعام، يتحدَّثون ويضحكون وأنا صامتةٌ كصنمٍ أصمّ.

عدتُ أدراجي حزينةً، محطَّمة، مقهورة، تائهة، ضائعة، لا أعرف ماذا أريد، وماذا أقول، ولِمَن أشتكي!

وضعتُ سجَّادتي، ودعوتُ اللهَ أن يلهمَني الصواب، أن يساعدني، أن يجبرني وينقذني ممَّا أنا فيه.

حوارٌ كبيرٌ كان يدور في رأسي ويطنُّ، كان قلبي يئنُّ، عقلي يتحدَّثُ ويقول لي: ديم! مَن أنتِ بالنسبة لخالد؟ هو لَم يَعِدكِ بشيء، لَم يعرفكِ، ولَم يتعرَّف حتَّى على شخصيَّتكِ الحقيقيَّة، لَم يرَ وجهكِ، فقط مكالمات ورسائل بريد إلكتروني عاديَّة تمرُّ وبلا مشاعر، حتَّى المكالمات التي دارت بينكما كانت مزحًا ولعبًا ومرحًا وضحكًا وتمضية وقت، وفي الأخير هو يتسلَّى.

لِمَ هذا الحزن والكآبة؟ اتركي خالد يذهب لحياته؛ فهو ليس مِن نصيبك!

هو معكِ ليلعب ويضحك ويرى إلى أين ستأخذكِ السفينة معه، وبعد خطبته وزواجه سيتغيَّر كلُّ شيء، وسينساكِ ويتركِكِ للأبد.

كانت دنيا مجنونة تئنُّ بداخلي، وترفضُ الرُّضوخَ لصوت العقل.. بكَيتُ! نعم بكيتُ كثيرًا مِن قلبي، فأنا كنتُ أريد أن أنقذَ

خالد وينقذني، أعوّضه ويعوّضني، أن أكون أمَّه وأخته وسندَهُ وكلَّ الحياة.

هذا الرَّجل الذي أحببتُه وأردتُه أن يكون زوجًا لي هو نفسه ذَوقي.

كعادتي إذا حزنتُ نِمتُ، هربتُ مِن الواقع، فهربتُ مِن أمِّي وخطبة ابنة الجيران بالنومِ، واعتذرتُ عن الحفل لأنّي متعَبةٌ ومريضة، فأمِّي حنون لطيفة متفهِّمة، قَبِلَت اعتذاري.

غبتُ عن الوعي، كنتُ كئيبةً مريضةً بمرض في قلبي، سهمٌ خطيرٌ قسمَني نصفين: نصف عاقل ونصف مجنون ثائر.

نمتُ لساعاتٍ طويلةٍ، ولَم أخرج مِن غرفتي، لأوَّل مرَّة تمرُّ إجازة الأسبوع وأنا لا أخرج، فكنتُ أعيشُ الحزن منطوية في فِراشي ولا أحد يعرفُ ما بي سِوَى وسادتي وغرفتي وصراعي مع نفسي.

وفي ذات المساء وفي يوم خطبته بين السَّابعة إلى الثامنة مساءً اتَّصل خالد.

كنتُ أرى رقم هاتفه على شاشة هاتفي ولا أعرف هل أردُّ أم لا أرد! وإن أجبتُ على المكالمة فماذا أقول له؟ وكيف أتصرَّف؟ وماذا أنوِي؟ وعلى ماذا ينوي خالد؟ هل يريد أن يضحك ويقضي المزيد مِن الوقت في التسلية ويستمرَّ في هذا المسلسل أم ماذا؟

وهل لديَّ هذه القوَّة لأمثِّل أنِّي أضحك وأثرثر معه وهو لأخرى غيري؟!

لَم أكن أعرفُ فعلًا ماذا أفعل؛ فلَم أكن قويَّةً كفاية لأمثِّل أنِّي لا أعرفُه ولَم أسمع خبره، فكيفَ أُخبِره أنِّي عرفتُ عن خطبته؟!

وذاكَ السؤالُ الملحُّ بداخلي: هل أنا كنتُ استراحةً وخالد كان يلعب بي.. يتسلَّى.. يضيِّع وقتَه إلى حين موعد زواجه مِن لمياء؟

تركتُ هاتفي يرنُّ بجانبي، وغرقتُ بالنوم مِن جديد، وبعد قليلٍ عاود الاتِّصال بي مرَّات.

استغربتُ اتِّصالاته المتكررة، فلَم أعتَد على إصراره بهذا الشكل.

ديم:

- ألو! هلا خالد.. بصوت نائم.

خالد:

- ديم.. أينَ أنتِ؟ لماذا لا تردِّين على الاتِّصال؟

ديم:

- كنتُ نائمةً.

خالد:

- أها، لماذا أنتِ نائمة حتَّى هذه الساعة ونحنُ في إجازة الأسبوع واليوم الجمعة وسبقَ أن أخبرتِني أنَّكِ مدعوَّةٌ إلى خطبة اليوم؟ فلماذا لَم تذهبي دبدوبتي؟!

ديم:

- لَم أذهب يا خالد، ولا أريدُ أن أذهب، أشعر أنِّي مريضةٌ متعَبةٌ منطفِئةٌ، وشيء كاتم على أنفاسي ولا أعرف ما هو!

خالد بصوتٍ مترِّدد:

- ماذا؟! ولِماذا؟ هه! ما بك يا ديم؟ ما هذه الكآبة التي تعتريكِ؟!

ديم:

- لا أعرف يا خالد، المهمُّ أنَّكَ بخير!

فجأة طرأت ببالي هذه الفكرة، وقلتُ له: خالد...! أشعر وأنا أحادثكَ أنِّي آخذ شيئًا ليس لي، وليس مِن حقِّي، لا أعرف عنكَ شيئًا، ولا تعرفُ عنِّي سِوَى اسمي ودراستي، وكلُّ ما بيننا أحاديث وكلام وتضييع وقت، خالد... هل أنتَ متزوِّج؟

خالد:

- لا غير متزوج وإذا كنتُ متزوِّجًا أين هي وأنا أُحادثُكِ ليلًا ونهارًا؟! ما بكِ يا مجنونة؟!

قاطعتُه قائلة:

- أنا لا أريد أن أبني سعادتي على خراب حياة الآخرين، أخاف أن تصيبني حوبة، والدنيا سلف ودين.

خالد:

- ديم.. اسمعي.. إذا تزوَّجتُ وقرَّرتُ فسوف أُخبركِ!

ديم:

- نعم، تخبرني، وأنا سوف أنتظرك لتخبرني متى ستقرِّرُ والدتك أن تزوِّجكَ!

خالد لَم يفهم ما الذي أريدُ قولَه، وأنا فعلًا لَم أكن أعرفُ ما أريدُ أن أقول.

ديم:

- أنا أعرفُ جيدًا أنَّه لا يربطنا سِوَى المكالمات، ولكنّي يومًا بعد يوم أشعرُ أنَّكَ تقتربُ منِّي، وأخشى على نفسي مِن هذا الاقتراب والتعلُّق.

خالد:

- ديم.. ما بكِ اليوم؟

ديم:

- بصراحة أنا بحثتُ عنكَ، وعرفتُ مَن أنتَ، واسمك الحقيقيّ، واكتشفتُ مِن ضمن المباحثات أنَّ أختك مريم معي

في الجامعةِ، وأصبحتُ أتقرَّبُ منها لأعرفَ أخبارك، وعرفتُ أن
أخاها خطبته اليوم.

لَم يكترث، لَم يهتمَّ لأمر أخته، لأنَّ خالد كان في مرحلة تلميع
وتحسين صورته للتقرُّب منِّي كضحيَّة.

خالد:

- ههههه! ولهذا أنتِ حزينة اليوم؟

ديم:

- ما رأيُكَ أنتَ؟ هل الموضوع يستدعي الضحك؟

خالد:

- آسف ديم، أنا لا أريد خسارتَكِ، ولا أن تذهبي وتتركيني،
أريدكِ بجانبي، تبقين معي.

وأضافَ: خطيبتي لمياء هذه لا أعرفها، ولا أدري كيف ظهرَت
لي، وبما أنَّكِ تعرفين أختي مريم فمؤكَّد أخبرتكِ عن جدَّتي وعنِّي،
فجدَّتي هي أمي، وهي مَن ربَّتني، ولها فضلٌ عليَّ بعد الله، وهي مَن
اختارتها لي، وأنا لا أستطيع أن أرفض لها طلبًا، فهي طاعنةٌ
بالسنِّ، ومريضةٌ بالضغط والسُّكَّر، ولا أريدُ أن يحدث لها أيُّ
مكروهٍ.

ديم بصوت مهزوم:

- جدَّتكَ، خطيبتك، مريضة سُكر، ضغط، وأنا! ما الحاجة لوجودي معك اليوم؟

وأضفتُ: وماذا أيضًا تريد أن تقوله ونسيتَ؟ قبل لحظات سألتُكَ عن إذا ما كنتَ متزوِّجًا أم لا، وأخبرتَني أنَّك غير متزوج! وفجأةً أصبحتَ خاطبًا!

كنتُ غبيَّةً حينما صدَّقتُه، لَم أستطِع أن أُعبِّر عن حزني وتعبي وكذبه، جاءني بقصَّة جدَّته التي استخدمها كشمَّاعة للحصول على ما يريد.

لا أعرفُ هل أبقى أصدِّقهُ أم أتركه وأغيب، أو ماذا أفعل!

خالد:

- ديم.. ابقي معي واصبري، أنا لا أعرفكِ جيِّدًا، ولَم أرَ وجهكِ، فقط أعرفُ صوتك، لَم يجمعني بكِ سِوَى رقم وماسنجر وصوت! ديم، هل أستطيعُ أن ألتقيكِ؟

ديم:

- تلتقيني! وما الهدف مِن هذا اللقاء وأنتَ اليوم كنتَ في رؤية شرعيَّة معتَرَفٍ بها شرعًا وقانونًا أمام الله والناس أجمع؟!

خالد:

- ديم! لعلَّ الله يُحدِث بعد ذلك أمرًا.

قلتُ في نفسي قد يكون فعلًا مُجبَرًا على هذه الخطبة، وقد لا يكون، قد أكون فِعلًا نسجتُ خيوطي عليه وقد لا أكون، قد أكون مغروسةً في قلبه وقد لا أكون، هو قال لعلَّ الله يُحدِث بعد ذلك أمرًا، وأنا قلتُ كذلك لعلَّ الله يغيّر الأقدار، ويراني ويعرف مِن أنا، وتتغيَّر كلُّ الظروف لصالحي.

فكَّرتُ طويلًا في الأمر، هل أوافق على لقائه أم أنسى؟ فبعد هذه الحادثة بدأ يتقرَّب منّي أكثر، حتَّى إنَّه أنساني خطيبته وخطبته، كنتُ أصحو على صوته وعلى رسائله، وفي الصباح أرى هاتفي ملقًى على الأرض بجانبي.

عشتُ معه شهور عسل دائمة، كنَّا معًا في كلِّ وقت، حتَّى إنَّنا لَم نترك أي وقت لخطيبته.

كان يتصل بي صباحًا.. مساءً.. ظهرًا.. عصرًا.. قبل دخولي للمحاضرات.. بعد خروجي وعودتي للبيت، كان يحادثني قبل أن ينام، فموعد نومه كنتُ أحبُّه وأنتظره، لَم يكن يستغلُّني جنسيًّا، ولَم يكن يتمادى بالخطوط الحمراء، كان يجرِّب ويسقط.

كان يُضحِكُني كثيرًا، ولَم يُغضِبني أبدًا، دائمًا يخلقُ لي قصَّةً وأحاديث وعباراتٍ تجعلُني سعيدةً، كنتُ أذهبُ إلى الجامعة هائمةً، ضاحكةً، فرحة.

عشتُ الفرح الذي لَم يعرفه أحدٌ قط، زيَّن لي الدُّنيا بمصابيحَ ورديَّةٍ، أصبحتُ أشتري الزُّهور والعطور، أسمعُ أغاني الحبِّ والغَزَل والشَّوق والوله، وأنا بجانبه أنسى خطيبته وأيَّامها، فلَم أكن أحسب للأيَّام حسابًا، فموعد حفلِ زواجهِ كان يقتربُ شيئًا فشيئًا، وعرفتُ أنَّه يوليو المقبل مِن نفس العام.

موعدُ اللِّقاء الأوَّل

عقدتُ النيَّة، وقَبِلتُ دعوتَه على الرؤية غير الشَّرعيَّة وغير المعترَف بها لا عُرفًا ولا قانونًا، وكان مِن ضِمن شَروطي أن يراني في مكانٍ عامٍّ، فَقَبِلَ.

اتَّفقنا على أن يكونَ الموعد في الجمعية القريبة مِن منزلي يوم الإثنين عند الساعة الخامسة مساءً، كأنَّه العيد عندي.

استيقظتُ صباحًا فرحةً وقلقة، فكلُّ التناقضاتِ بداخلي، وكأنه يوم زفافي، سأذهب لملاقاةٍ رجلٍ غريبٍ، قلبي يقول هو مَن اخترتُه، وعقلي يقول هو ليسَ لكِ، وسيتزوَّج بعد شهرين، وكلُّ ما بي يقول لعلَّ الله يُحدِثُ بعد ذلك أمرًا.

ركبتُ سيارتي على صوت محمد عبده "أرجوك ابعد ترى في الجو غيم".

كانَ المذياع يرسل لي رسالةً، عناوين الكتب التي كنتُ أقرؤها نبَّهتني، أمِّي كانت تريدُني أن أذهب معها لمشوار ورفضتُ، كلُّ

39

شيء كان يعرقلُني كي لا أذهبَ، ولكنّي عاندتُ الظروف وعقلي، وأطعتُ قلبي وذهبتُ.

فتحتُ باب الصالون، واستقبلَتني سميرة وقالَت لي:

- ديم.. شو بيكِ اليوم؟ مش على بعضك! ليكون خطبتك وأنا ما بعرف؟

ضحكتُ بقوَّة وقلتُ لها:

- كيف مو على بعضي؟! وكيف بدي أنخطب وأنتِ ما بتعرفي؟! لا تقلقي سميرة، لمّا بنخطب بخبرك.

- ليكون "عم يرجف قلبي يا أمّي وماني بردانة"، بشوفك هيك طايرة، مو عارفة شو تساوي ليكون بتحبّي يا بنت؟

ابتسمتُ وقلتُ لها:

- ما بلكِ يا سميرة؟! أنا ما زلتُ في أوَّل سنة جامعة، ومشواري طويل لأحبُّ وأتزوَّج.

- ما بتعرفي يا ديم وين النصيب ومتى! بتعرفي كنت شاطرة بالعشق، حبّيت نصف شباب الحارة، وكان كلو لعب وكذب، بس رفيق كان حب حياتي، وشوفي بعد كل هذه السنوات لَم أستطع أن أنساه، وما بتمنى لك غير النصيبُ الحلو، فأنتِ بنت طيبة وحبُّوبة ومثل بنتي، وبحبِّك كثير.

ديم:

- شكرًا سميرة، بحبّك أنا كمان، هاتي بوسة.. أقول سميرة اليوم كشخيني، عندي حفلة وأريد أكون زي القمر.

عدتُ للبيت أميرة مِن أميرات موناكو، اخترتُ بنطالًا حليبيًّا، وقميصًا ورديًا له عنق.

ذهبتُ قبل الموعد بنصف ساعة للمكان لأتدرَّب على المشي والوقوف، وماذا سأفعل؟

كنت مضطربة، قلقة أفكِّر، حائرة، ماذا لو رآني اليوم وتذكَّرَ يوم خطبة ابنة عمي وعرف أنّي مَن كنتُ على التراس؟ فبسهولة يستطيع أن يحصل على معلوماتي مِن رقم السيارة إذا كان غير متأكِّد منّي بحكم وظيفته، كيف سيكون موقفي؟ ماذا لو كانت رؤيته لي مقلبًا مدمِّرًا؟ ماذا لو كانَ قد لمحني في بيت عمي؟ كيف سيكون موقفي؟ ماذا لو كانَ لقاؤه معي مقلبًا مدمِّرًا؟

جلستُ في السيّارة أفكِّر، أتحسَّس شعار السيارة على المقود بأظافري؛ أأنزل أم لا أنزل؟!

لَم يتبقَّ إلَّا دقائق قليلة، وإذ به يتَّصل بي:

- ديم.. أين أنتِ؟ أنتظرُكِ في الجمعيةِ بجانب محلِّ الشوكولا في الدَّاخل، فالسمينات يحببن هذا المكان، واخترتُه لكِ.

ديم:

- سنرى مَن هي السمينة، حينما تراني ستقع على عنقك مِن هول ما ترى، فلِمَ الاستعجال؟ ما زالت هناك دقيقتان مِن الوقت على الموعد المحدَّد بيننا.

جاءَ خالد وجئتُ أنا، فوقفتُ ووقف، رأني ورأيتُه، وابتسمنا، وانتهى اللقاء.

وقبلَ أن أفتح باب سيارتي وأنا خارجةٌ مِن المكان عائدة إلى البيت اتَّصَل بي:

- يا سمينة، يا متينة، كيف حالكِ؟

انتظرتُ لبعض الوقت قبل أن أردَّ، فدقَّات قلبي كانت سريعة جدًّا!

- الحمد لله، عساك بخير، ما رأيُكَ بي؟ انبهرتَ مقارنةً مع خطيبتك لمياء؟

- لا يوجد وجه مقارنة بينكِ وبينها.

- ماذا تقصد؟

- كلاكما عنيزات.

- ماذا تقول؟

- ما بكِ؟! عنيزة في العصر الجاهلي كانَت مدحًا وليست بِهجاء!

- لا أريدُ هذا المدح، قل لي عن رأيك، فمَن الأجمل؟

فأجابَ وهو يضحك:

- أنتِ أنتِ!

- وأنا! لَم تسألني عن رأيي!

- واثق الخُطَى يمشي ملِكًا.

- ومَن قال؟!

وضحكنا سويًّا، لا أعرفُ ما الذي يتهرَّب منه خالد، لَم يُرضِ غروري كلامُه، فأنا أعرفُ قدراتي الجماليَّة، فلَم أفهم هل أنا على ذوقه و(ستايله)؟ أم ماذا؟!

كان خالدُ يتهرَّب مِن الكلام المعسول، ولا يعرف ماذا تريد المرأة مِن الرَّجل، فكان يعبِّر عن إعجابه بالاتِّصالات والاهتمام والدَّعوات.

لَم أكن أعرف أنَّ هنالك رجالًا على ظهر الكوكب معاناتهم في صغرهم تبدأ حينما يتعلَّمون أنَّ الحبَّ محرَّمٌ والكلام اللَّطيف عيب، وأنَّ البكاء ليس مِن شِيَمِ الرِّجال، وأنَّ الرجال هم القوَّةُ والضعف هي المرأة.

لا أخفيكُم، لَم يكتشفني خالد حتَّى اليوم، ولَم يعرف حقيقةَ ديم، ومَن تكون.

بقينا في علاقةِ حبٍّ سعيدةٍ جدًّا كتبَها الله لي وله، أنسيتُه فيها لمياء خطيبتَه، ولَم يعُد يتذكَّر زواجَهُ مِن تلك التي دمَّرتهُ ولا أي شيء سِوَانا.

وبعد هذا اللِّقاء الأوَّل بدأ خالد بفرض سيطرته وسلطتِه عليَّ، وفرض عليَّ قائمةً مِن الممنوعات والمحظورات طويلةً جدًّا كأنَّني زوجتُه؛ أوَّلها أن أرتدي عباءةً لا يَظهر منها لون ملابسي، فقال لي: "أنا رجلٌ غيورٌ، ولا أحبُّ أن تَظهري للأغراب"، وطلبَ منِّي أن أرتدي الحجاب الإسلاميَّ الصحيح، ولا تخرج أيُّ خصلةٍ مِن شعري ولو بالخطأ، ومنعَني مِن لبسِ الأحذيةِ ذاتِ الكعبِ العالي، وأن أستبدلَها بأحذية مسطَّحةٍ، وطلبَ منِّي ألّا أخرجَ من البيت إلّا بموافقته إلّا في حالة واحدةٍ، وهي ذهابي للجامعة أو مع أمِّي، فيحقُّ لي الذَّهاب مِن دون إذنٍ، وألّا أضعَ أيَّ مساحيقِ تجميلٍ في وجهي أبدًا، وأن أتحاشى الصديقات السافرات غير المحتشمات.

وكفتاةٍ تحبُّ لأوَّل مرَّة أسرَتني هذه الشروط، ورضخْتُ له ووافقتُه؛ فهذا مؤشِّرُ سعادةٍ بالنسبة لي يعني أنِّي تمكَّنتُ منه، فأنا أعجبتُه، وأثَرتُ غيرته!
كنتُ أظنُّ أنَّ المرأة المطيعةَ الرَّاضخة يحبُّها الرَّجلُ، فكنتُ أسعى لأن أجعلَه يحبُّني أكثر ويتمسَّك بي.

ظننتُ أنَّهُ يختبر قدراتي واحتمالي وصبري، ويؤهِّلني كزوجة بحسب ما يريد ويتمنَّى، وفي يومٍ ما ستحدثُ المعجزةُ، ويترك خطيبتَه لمياء لفرصةٍ أفضل ونتزوَّج.

في حقيقةِ الأمر أنا فتاةٍ مِن بيئة متفتِّحة، وحياتي تختلف تمامًا عن شروط خالد، فأنا لَم أكن بهذه السهولة، كنتُ تلك الفتاة الشقيَّة الماكرة التي تلتزم بالشروط أحيانًا، وغالبًا أرمي بها عرض الحائط.

كنتُ إذا رأيتُه أغلقتُ عباءَتي، والتزمتُ بغطاء الرأس وتحجَّبتُ، وإذا رحلَ رميتُها على كتفي أو على المقعد الخلفي، شروطُه كانت ثقيلةً عليَّ وكثيرة، فلَم أستطِع أن أحتملَها لفترةٍ طويلةٍ.

كنتُ أخرج مِن دون إذنٍ، وإذا اتَّصَل أُخبره أنِّي مع أمِّي حتَّى لا يكتشفني ويغضب، وإذا ذهبتُ إلى الجامعة وضعتُ القليل مِن أحمر الشِّفاه، فأنا متحرِّرة وطائشةٌ وصغيرةٌ، ضجرتُ مِن هذه الممنوعات، وعشتُ حياتي لأرضيه وأخدعه.

***

45

زفافه الثَّاني

مرَّتِ الشُّهور، واقترب موعدُ زفافه، كنتُ أجاهد لأصبرَ وأؤهِّل نفسي لهذا الحدثِ، لهذه المصيبة التي ستحلُّ عليَّ، يا ربِّ كيفَ أصبر؟! كيف سأعيش؟!

أصابني اكتئابٌ شديدٌ، تغيَّبتُ عن الجامعة، فقدتُ الرَّغبة في الطعام، وتدَهورَت صحَّتي، عشتُ سباتًا شتويًّا في عزِّ الصيف، ولَم أُظهِر له أنِّي ضعيفةٌ أو منهارةٌ وحزينةٌ، ولكنَّ صوتي كان يقول ذلك، برودي، صمتي الطويل، رسائلي القليلة؛ كلُّها أخبرتهُ أنِّي متهالكةٌ، وسوف أنهارُ عمَّا قريب.

لا أعرفُ لماذا لَم أحادثه المحادثة الأخيرة وأهرب منه؟! تساءلتُ: هل حقًّا يحقُّ لي أن أتكلَّم أو أن أُعاتب؟ أم أصمتُ و"أغور في ستين داهية"؟!

شعرتُ أنِّي مسكينةٌ ومغلوبٌ على أمري، لدَيَّ اكتئابٌ حادٌّ، مَن يُسعفني؟! وبدأتُ في رحلةٍ طويلة مع الأطباء، مسكِّنات،

مهدِّئات، مواعيد بكافَّة التَّخصُّصات، أنا مريضةٌ، أنا أحتضر وأموت.

زرتُ طبيبَ القلب، فأنا أشعر بوخزات في قلبي، عمَّا قريب سأصاب بأزمة قلبية، ويحوِّلني على طبيب الأعصاب، فيصف لي مهدِّئات مِن الضغوطات النفسيَّة مِن الدراسة كما ادَّعَيتُ.

ذهبتُ لطبيب العيون والأسنان والأذن لأتخلَّص مِن الصداع الذي يلفُّ رأسي بلا فائدة، إلى أن تنصحنا جارتُنا بالمعالج الرُّوحي وطبِّ الأعشاب.

عشتُ مريضة ومرَضي كان في قلبي، عدتُ لشلَّتي القديمة منهارةً، وأخذْنَني عند قارئة الفنجان لتكشف ما بي، لَم يسعفني أحد، فأنا مريضة بمرض اسمه خالد.

واشتكيتُ لأناسٍ لا أعرفهم عبر الإنترنت، ونَهَروني في المنتديات، ونصحوني بالابتعاد عنه، ونعتوني بخرَّابة البيوت، قرأتُ كتبًا كثيرة لأعرف شخصيته وآليَّات بحث طويلة فَعلتُها لأعرفَ: هل خالد أحبَّني حقًّا أم أنا أتوَّهم؟ وهل فعلًا سيعودُ بعد عام مِن زواجه وسيتزوَّجني؟ وماذا بعد هذا الزِّفاف؟ هل هناك ثمرةٌ لِلياليهما الحمراء؟ متى سنتحدَّثُ؟ وهل هناك وقتٌ لي؟

قرَّرتُ أن أبتعدَ وأنشغل مع نفسي ودراستي، كان قلبي صعبًا جدًّا.. لَم أستطِع ترويضه، حزينًا لا يرضى، مريضًا ومشغولًا به،

وعقلي عنده غير مبالٍ بشيء؛ فالمحاضِر في عالمٍ وأنا كجثَّةٍ هامدة في عالَم آخَر.

يا ربِّ قلبي ليس مِلكي! سرقَهُ خالدٌ وسيتزوَّجُ عمَّا قريب.

قلَّلتُ رسائلي وتواصُلي، وظلَّ هو كما لَم يتغيَّر شيءٌ، يتَّصِل، يُرسِل رسائل وأخبارًا، يضحكُ وينكِّت ويصمت.

كنتُ أحاول أن أعرف منه شيئًا عنه وعن لمياء، لَم يتحدَّث عنها أبدًا، وبطريقتي عرفتُ أنَّها تشتكيهِ عند أهلِها لأنَّه مهملٌ غير مبالٍ، لا يتحدَّثُ معها، لا يتَّصِل، لا يذهب لزيارتها، مقصِّرٌ جدًّا وقليل الكلام وغير مهتمٍّ.

كانت هذه الأخبارُ مؤشِّرًا جيِّدًا بالنسبة لحبيبةٍ تحبُّ خاطبًا مُوشِكًا على الزواج، طِرتُ فرحًا كطفلةٍ اشترَت لعبةً للتوِّ، كنتُ أتقرَّبُ منه أكثر على أمل أن يغيِّرَ رأيه ويتركها.

كنتُ في دوَّامة القرب والابتعاد والخوف مِن الله مِن أن أكونَ سببًا في تحطيم امرأةٍ ليس لها ذنبٌ.

سألتُهُ مرَّةً:

- خالد.. هل أحببْتَ لمياء؟

- ماذا؟

- سؤالي واضح، لا أشعرُ أنَّك تذهبُ لزيارتها، ولا أتوقَّعُ أنَّك تحادثُها، أشعرُ أنَّ مكالماتِنا أكثر مِن مكالمتكَ لها، أو قد تكونُ

معدومةٌ، لماذا لا تتركُها لنصيبِها وحياتِها؟! لا تظلِمها! لربَّما يرزقُها الله بفرصةٍ تناسبها ورجل يُسعِدُها.

- أنتِ تعلمين يا ديم أنَّ جدَّتي هي مَن اختارت لي لمياء، وبالرَّغم مِن أنِّي لَم أستطِع أن أستوعبَ وجودها في حياتي حتَّى اليوم، ويستصعب عليَّ تحمُّلها أو رفضها أو حتَّى التخلِّي عنها، فأنا أخشى على جدَّتي مِن أن يصيبَها أيُّ مكروهٍ.

- خالد، وأنا! ما ذنبي؟!

- لا أعرفُ، جئتِ في حياتي في وقتٍ صعبٍ وغريبٍ، وليس بيدي أيُّ حيلة.

- لا تقُل حيلة! كلُّ الأمور تقف على الرجل وليس على المرأة! مَن أراد استخارَ واختارَ، وأنتَ لَم تستخِر ولَم تختَر، أنا لا أحتملُ وجود امرأةٍ أخرى في حياتكَ معي، ولا أقبلُ على نفسي أن أكون محطَّة استراحةٍ للرَّاحة والضحك والمرح فقط.

- ديم، سأتزوَّجُكِ زوجةً ثانية بعدما أتزوَّجُها.

- نعم! ومَن قال لكَ إنِّي سأرضى أن أكونَ ثانية أو ثالثة أو حتَّى رابعة؟! أنا ديم، إمَّا الأولى والأخيرة أو فلا، تكلَّم بصراحةٍ مع جدَّتكَ؛ فهي تحبُّكَ وتهتمُّ لأمركَ، أخبِرها عن حقيقةِ مشاعرِكَ للمياء فستفهمُكَ قبل أن يطيح الفأس بالرأس.

- لماذا تصعِّبين الأمور جدًّا؟

- لا أُصعِّبُ الأمورَ، أُطالبُ بحقوقي، بحقِّ الوقت الذي أقضيه معكَ، بحقِّ رسائلكَ الصباحيَّة والمسائيَّة، و(الماسنجر والإيميلات)، وفواتير الاتِّصالات، وبطاقات الشَّحن، والمطاعم واللقاءات، واهتمامك بي، فكلُّ ما تفعلُه يُظهِرُ ارتياحك، وكم أنتَ مهتمٌّ وتريدُني أن أبقى معكَ! أمَّا إذا كنتُ قد فهمتُ العكسَ فأرجوكَ صوِّبني، أخبِرني ولا تضيِّعني معكَ أكثرَ ولا تتعبني، فأنا أموت!

- ديم صبرًا، سنتزوَّج فيما بعد، امنحِيني عامًا واحدًا أُرتِّب أموري وأتقدَّم لخطبتكِ.

كان كبريائي يرفضُ أن ينطقَ لهُ بعبارة "أحبُّكَ يا خالد، متى تفهم؟" ولكنَّ تصرُّفاتي كانت تقول ذلك، رسائلي كانت أحرفها تنطق له، خواطري، كتاباتي، أمِّي، أخواتي، الخادمات، البيت والحي والجيران جميعهم عرفوا بهيامي، وأنِّي أعيش الحبَّ! فلستُ مريضةً روحيَّة ولا نفسيَّة، كنتُ عاشقةً وأحبُّ رجلًا سيتزوَّج.

الإهداءات والهدايا التي كنتُ أشتريها له، ومصروفي الشهريُّ الذي آخذه مِن والدي، وأضاعف به بطاقاتِ شحن، المطاعم التي كنتُ أدعوه فيها، كلُّها تشهد على ذلك، كلُّ شيء ينطقُ: إنَّ ديمَ تحبُّ خالد.

لَم أكن أعرفُ أنَّ خالد نرجسيٌّ مِن الطِّراز الأوَّل، أنانيٌّ، يحبُّ نفسه فقط، ولا يهمُّه الآخَرون، كان يريدُني ويريدُ لمياء، يريدُ زوجةً ويريدُ عشيقةً، يريدُ حياةً ويريدُ تسليةً، كان يحبُّ التسلُّطَ وكلامه هو الذي يمشي، يريدُ السيطرةَ عليَّ وتقييدي، فهو اكتشفَني حينما صبرتُ عليه بعدما علمتُ أنَّه خاطبٌ، وبقيتُ معه، هنا تمرَّدَ وتمكَّنَ منِّي، واستغلَّ حبِّي له كضعفٍ، وعرفَ أنِّي أعشقهُ ومتيَّمةٌ به دون أن أنطقَ بكلمةٍ، وأنِّي فريسةٌ سهلةٌ لنرجسيٍّ مثله.

لا أدري كيف تعلَّمَ خالد القسوة بهذا العنف؟! ماذا رأى في حياته حتَّى يتصرَّف بهذا الشكل؟ كيف كانت حياته حتَّى ينشأ بهذا الجبروت؟

فما هي معاناته في صغره حتَّى يكبرَ ويكرهَ النِّساء، ويرتدي كلَّ هذه الأقنعة ليعيش؟!

فهذا الرَّجل أحبَّني ولَم يحبَّني، لمَّني وشتَّتَني، لَم أسمع منه كلمةَ "أحبُّكِ" طوال سنوات معرفتنا، ولكنَّ تصرفاتِه واهتمامه بي قالا ذلك.

المواجهة والتَّعبير عن الحب في عُرفِه تقليلٌ لشأنِ الرَّجل ولا يجوز.

***

اكتشفتُ متأخِّرًا كلَّ هذا وبعد فوات الأوان أنَّ هذا الرَّجل مُتسلِّطٌ، ففي البداية كانت شخصيَّتُه ساحرةً أخَّاذةً، تسرقُك مِن نفسكِ بطيبِها وشهامتها وأخلاقِها.

هؤلاء النرجسيُّون علاقاتُهم العاطفيَّة في البداية تملؤها الطاقة والحماسُ، يخبرون الطَّرفَ الآخر طوال معرفتهم به كم هو مميَّز، وكم هما متشابهان تمامًا، ومقدَّر لهما أن يكونا سَويًّا! ويحدث هذا في البداية رغم أنَّهما لا يكونان قد عرفَا بعضَهُما بالقدر الكافي مِن الأساس، فيشعل فتيل المودة بينهما بتفسيراتٍ تقنعُ الطرفَ الآخرَ وتجبرهُ أن يقع في شِباكه مهما كانت الظروف، وذلك لأنَّ الأشخاص النرجسيِّين يعتقدون أنَّهم يستحقُّون التواجدَ في علاقةٍ مع أشخاصٍ مميَّزين، لكن ما إن يحدث أيُّ شيءٍ يحبطُهم حتَّى يديروا ظهورهم له كليًّا، ويحمِّلونه المسؤوليَّة مِن دون ذرَّة شكٍّ واحدة.

فالنرجسي يتأخَّر في تحديد نوع العلاقة، يتوقَّع منكَ أن تعاملَه كما لو كنتَ شريكَه، لكن مِن دون أن يلتزم هو بذلك في المقابل، حتَّى يتمكَّنَ مِن جَني الفوائد العاطفيَّة والجنسيَّة والروحيَّة والماليَّة، بينما هو في ذاتِ الوقت يتواصل مع أشخاصٍ

آخَرين محتمَل أن تكونَ علاقتُه بهم أفضلَ، فتراه مُتلاعبًا يرمي بحباله في كلِّ مكانٍ ليحقِّقَ مآربه ويعيش، وإذا حاولتَ التحدُّثَ معهُ عن طريقته غير اللَّائقة في التَّعامُل فسوف يقلبُ الطاولة على رأسكَ ويلومكَ على الضجَّة التي تفتعلها، وأنَّك شخصٌ سلبيٌّ نكرةٌ تحاولُ زعزعة أمانه وتضييع وقته، ويتَّهِمُك بالجنون، ويكون بذلك قد حصل على سببٍ مقنعٍ لعدم تحديد نوع العلاقة معك، فأنتَ مصدرٌ للشقاءِ، ولا تستحقُّ الاحترام ولا التقدير.

***

كلُّ هذه الاكتشافات فهمتُها بعد ضياع سنواتٍ مِن عمري. لَم يخبِرني خالد عن تاريخ يوم حفل زفافه حتَّى لا أهربَ ويخسرني، أو قد يكون خائفًا مِن أن أتهوَّر وينفضح أمرهُ، وآتي لزفافَه وأفاجِئَه أمام زوجته وأهله والجميع وأبكي، فلَم تصلنا بطاقة دعوة زفافه هذه المرة، ولَم يشع خبره في بيتنا، ولَم أبذل مجهودًا ولو طفيفًا لمعرفة تفاصيل هذا اليوم؛ لأنِّي قرَّرتُ أن أتركهُ وأنساه.

53

كنَّا نتحدَّثُ في آخِر مكالمة قبل يوم زفافه بأيام، كانت الساعةُ الثَّالثة مساءً، ويومها يضحك ويلقي النكات عليَّ مرميًا على سريره، فهناك إصلاحاتٌ وصيانةٌ في بيته؛ فعروسُه قادمةٌ.

سألتُهُ مِن باب الفضول:

- خالد! ماذا يفعل العمَّالُ عندَك بالضَّبط؟

- يعملون صيانة لمكيِّفات البيت، أوو يا ديم، لو كنتِ معي ستغضبين مِن هذا الحرِّ الذي أنا فيه، لن تحتملي ما أعانيه الآن!

كنتُ أشعرُ أنَّ صوته تصرخ منه السعادة، فهل لأنَّ زواجه قريب أم أنَّه سعيدٌ لحزني؟! ما خطبُه هذا الرجل؟! لَم أستطِع أن أفهمه، لَم أعرفهُ أو حتَّى أفسِّره!

- خالد، في أيِّ تاريخٍ ستتزوَّج؟

- لن أُخبِركِ بالتاريخ يا ديم! بماذا يهمُّكِ؟! فأنتِ عزيزةٌ لا أريدُ أن أولمكِ!

- تؤلمني! وهل هناك ألمٌّ أكثر مِن ذلك؟!

- ديم، سنتزوَّج بعد سنةٍ، وهذا ما يهمُّكِ ويهمُّني، ثِقي بي.

- ومَن قالَ لكَ إنِّي سأبقى معك أنتظرُك سنة أو حتَّى يومَين بعد زواجك؟! فبعد هذه المكالمة لا أتوقَّع بعدها مكالمةٌ أخرى،

فأنا وعائلتي سنسافرُ يوم الغدِ، وقد يأتي موعد زواجكَ وأنا في الطائرة، أو أتسكَّعُ في شوارع لندن!

- ديم.. أحقًّا ستسافرين؟

- نعم، سنسافر يوم الغدِ مع والدي وإخوتي وأمّي، وأرجوكَ بعد زواجكَ لا تعاود الاتّصال بي، إن كنتُ فعلًا عزيزةً كما تدَّعي، اهجرني هجرًا طويلًا، واجعلني أعيشُ على ذكراك الجميلةِ، لا تُتعِبني أكثر، فأنا قضيتُ وقتًا طويلًا معكَ وكأنَّهُ عمرٌ بأكمله، حفظتُكَ، تعلَّمتُكَ، وتعوَّدتُ عليكَ، فأرجوكَ فكَّ أغلالي وسراحي، وانطلِق لحياتك.

- لن تستطيعي الهروب منّي، ولا يمكن أن تنسيني يا ديم!

- الأيَّام كفيلةٌ وخير مداوٍ، مَن أوجدَكَ في قلبي سيُنسِيني إيَّاكَ، وسيرزقُني بمَن يحتويني ويهتمُّ لأمري.

سافرتُ مع عائلتي وأنا حزينةٌ، تائهةٌ، الجميعُ سعيدٌ ومسرورٌ إلَّا أنا، أتأمَّلُ رسائله، أقرأ كلماتِه، أرى هاتفي لعلَّ وعسى أن يرسلَ لي برسالةٍ يخبرني بها أنَّهُ أخبرَ عائلته عنّي، وتركَ لمياء لقدرٍ أفضل.

لَم أحقد يومًا على لمياء بقدر ماكنتُ أُشفقُ عليها، فتاةٌ تقدَّمَ لها رائدٌ في الشرطة، طموحة درسَت وتوظَّفَت وقَبِلَت بالزواج

لبناء أسرةٍ وأبناء، ولكنَّ القدَر أوجد خالدَ المشغول عنها في الطريق.

تزوَّجَ خالدٌ ولَم أعرف متى، فقط أعرف أنَّه تزوَّجَ، وعدتُ مِن لندن، ذهبتُ للمكتبة، واشتريتُ كتبًا كثيرةً لأفهم لماذا أنا فشلتُ مع خالد، وما هي شخصيَّة خالد بالضبط!

قرأتُ عن علمِ الشخصيَّات كتبًا كثيرة، وفي علم النفس والحياةِ، وعن أنواع الرِّجال والفقد، قرأتُ في الإنترنت، وبحثتُ في القصص، استشرتُ وسألتُ فلَم أجد أيَّ إجاباتٍ واضحةٍ إلَّا بعدَما ضاع منِّي الكثيرُ وفات الأوان.

***

تحرُّري

إلى العالقةِ مع مخلوقٍ مريضٍ ديكتاتوريّ لا تستطيع الخلاص منه، الطَّريق الطويل الشَّاقُّ الذي تمشينه لا يعرفُ مرارتَهُ سِوَاكِ، والقلق والأرق الذي يعتريكِ كلَّ ليلةٍ لا يعرف ألَمَه إلَّا أنتِ، السعادةُ التي تفتقدينها وتظنِّين أنَّكِ لن تحصلي عليها إلا معه، والاتِّصال الذي تنتظرينه، والرَّسائلُ التي تحتفظين بها لا يقدِّرُها سِوَاكِ.

فمَن تركَكِ حزينةً يضحكُ مع أخرى ويقدِّمُ لها الحبَّ والودَّ، فمثلما فعل معكِ يفعلُ الآن مع غيرِكِ، والذي تحتفظين بصورِهِ في الأدراج وتدسِّينها بعيدًا عن أمِّكِ وأخيك هو نفسُه ذلك المتملِّقُ الذي تركَكِ ورحلَ مع أخرى غيرِكِ بزعم أنَّكما لا تتناسبان.

هو ذاتُه مَن كان يجري خلفَكِ، ويختلِقُ الصُّدَفَ في الأسواق والمطاعم والشَّوارع كي يراكِ ويحادثكِ، إلى أن تمكَّنَ وأوقَعكِ في شِباكِهِ، ثمَّ تركَكِ حبيسةً غريقةً في تلكَ الشِّباكِ.

هو نفسُه الذي حدَّثَكِ عن أمِّه وأخته وابنة خالته التي تحبُّه والتي تراسلُه وتحادثُه وتغازلُه وهي لا تعني له شيئًا، وإنَّكِ أنتِ ملكتُه وسيِّدةُ قلبِه وكلُّ الحياة.

هو ذاتُه مَن أوهمكِ أنَّ أمَّه تعرفُكِ والجيران وصغار الحيّ، مَن كان يراسلكِ عبر الواتساب والإنستجرام والفيسبوك، وكلَّ وسائل التَّواصل كي يطبع نفسَه في أيَّامك وذاكرتك فلا تنسيه، وفجأةً هربَ.

صديقتي، أختي، زميلتي، يا كلَّ النِّساء، لا يجرؤ رجل على تحطيم قلبَ امرأةٍ تعرف نفسها، ولا أن يستنزفَ مشاعرها، ولا توجدُ عاداتٌ تجبرُنا على الانكسار لرجلٍ والإذلال وتحمُّل إهاناتِه فقط؛ لأنَّنا تزوَّجناه أو نحبُّه أو فُرضَ علينا، ولأنَّه موجودٌ في حياتنا، إلَّا إذا وَجدَ فينا ثغرةً، بوابة ضعفٍ للدُّخول، خوفًا، طاعةً عمياء، هنا يفكُّ الشَّفرةَ ويتغلغلُ في عالمكِ لينهيكِ؛ إنَّهُ النرجسيُّ.

بعدَ زفافِهِ

قضيتُ شهرَ يوليو أدسُّ رأسي في الكتب، أبحثُ عن شخصيَّة خالدٍ، متعبة مِن نفسي ومِن هاتفي وقراءة رسائلي التي كنتُ أرسلُها، وكأنَّ العالَم بأسره يعرفُ أنّي مفارقةٌ حزينةٌ مسكينةٌ، وغُدِرَ بي، فلَم يتمسَّك بي مَن أحبُّ، وتركَني ورحلَ مع أخرى غيري.

كانت لي صديقةٌ تعملُ في مطار دبي، واستعنتُ بها لتنهي حَيرتي، وأعطيتُها اسم خالد، وأخبرتُها لتبحثَ لي عمَّا إذا كان قد غادرَ دبي أو ليس بعد.

اتصلَت وأخبرتني أنَّه تمَّ تسجيلُ خروجٍ مِن دبي إلى المالديف منذ أربعةِ أيَّامٍ، جاءني ردُّها وأنا طريحةٌ في الصَّالة، ارتجفتُ، ضعفتُ، انهرتُ، غبتُ عن الوعي، تقيَّأتُ، أصابني دوارٌ وتلك الرَّعشة الغريبة التي تصيبني إذا انهرتُ.

أمِّي تحدِّق بي:

- ما بكِ يا ديم؟ ماذا حدث؟ مَن المتَّصلُ؟

أجبتُها:

- لا شيء يا أمّي، هذه صديقتي اعتذرَت عن الخروج اليوم.

أمّي ليست امرأةً غبيّةً، أمّي تقرؤنا مِن وجوهِنا، تعرفُ ما الذي نخفيه عنها، تفهمُنا، كانت تعاملُنا كصديقةٍ وليست كأمٍّ.

أمّي حنون جدًّا متفهّمةٌ، طيّبة، حازمة إن لزمَ الأمر، وصديقة إن تطلَّبَ الحدثُ، أمّي تُحبُّها جميعُ صديقاتي، ويتمنّين لو أنَّ لهنَّ أمّهاتٍ متفهّمات كأمّي.

امرأةٌ عن ألف رجلٍ، ربَّتنا رغم غياب والدي، روَّضَتنا وأفهمَتنا الحياة، علَّمَتنا أنَّ الحبَّ ليس بعيبٍ أو حرامٍ، والحبُّ حياةٌ، فأمّي تؤمن بالحبِّ والتجربة، ولكن ألّا نتعدّى الحدود والخطوط الحمراء.

ودائما تردّدُ: "الفتاةُ إذا استرخَصت نفسها سيرخصها العالَم، وأنَّ الحبَّ النقيَّ العفيف ما هو إلّا مشاعرُ نبيلةٌ متبادَلةٌ بعيدًا عن الجنس والعلاقاتِ المحرَّمة.

أمّي تحبُّ أبي كثيرًا، أحبَّتهُ حبَّ الأوَّلين، ولا ترضى عليه بكلمةٍ، تهتمُّ بشؤونه وأموره رغم بُعده طوال الأسابيع، وحين عودتِه تتزيَّنُ كعروس لاستقباله، أمّي امرأة مهتمَّةٌ بنا وبالبيت وبكلِّ الأمور.

كانَت إذا عاد أبي تشعلُ الشُّموعَ، وتنثرُ العطورَ، تشتري الزُّهور، تشغِّل الموسيقى، تهتمُّ بالحديقةِ والطَّعام وكأنَّ ضيفًا عزيزًا غريبًا سيأتي مِن بعد غياب.

فمِن أمِّي تعلَّمتُ الفنَّ والرقَّةَ والدِّيكور وحبَّ الحياة، فكلُّ طقوس أمِّي التي تفعلُها لأبي كنتُ أريدُ أن أفعلها لخالد.

أمَّا أبي فهو رجل عصاميٌّ حنونٌ طيِّبٌ، بنى نفسه بنفسه، مرحٌ يحبُّ الحياة والطيرانَ، ويحبُّنا أكثر مِن أيِّ شيء، يعمل في الجوِّ فلا نلقاه إلَّا في الشهر مرَّةً بحسب ظروف عمله، فكانت المسؤولية كبيرة على أمِّي.

بعد مرورِ أربعةِ أيَّام مِن سفرِه إلى شهر العسل، جاءتني مكالمةٌ مِن دون رقمٍ، لكنَّ المتَّصل لَم يجب، وظلَّ صامتًا، وقطعتُ الخطَّ، لَم أتوقَّع أنَّه خالدٌ.

تكرَّرَ الاتِّصال ولكن هذه المرَّة برقمٍ خارجي، يبدأ بفتح خط الدولة التي هو فيها فأجبتُ:

- ألو.

- كيف حالُكِ؟ بصوت مخنوق

- الحمدُ لله.. مَن؟

وكأنَّني نسيتُ هذا الصَّوت؛ فأنا لا أتوقَّعُ اتِّصالَ عريسٍ في أول أيامه.

وعمَّ صمتٌ رهيبٌ بيننا، ثمَّ قلتُ لهُ:

- مش مِن المفروض أن تكون معها الآن، وفي حضنها؟ فلماذا اتَّصلتَ؟

- المفروض أن تكوني مكانها وليست هي!

جملته هزَّتني وقهرتني:

- فاتَ الأوان على هذا الكلام، ولو كنتُ أعرفُ أنَّكَ المتَّصِل لما أجبتُ، أرجوكَ احترِم رغبتي ولا تتَّصل بي، واتركني وشأني!.

قطعتُ الخطَّ، وأغلقتُ هاتفي عنه لساعات.

مشاعرُ متضاربة احتوَتني، سعادةٌ مع غضبٍ، حيرة وحب وخوف، وإحساس متنوِّع بين السعادة والتعاسة، فلو تركَني للأبد لكنتُ اليوم بخير، إنسانة طبيعيَّة فارقَت حبيبًا ولَم يكن لهما نصيبٌ، أمَّا هو كان مُصِرًّا أن يخوض شوطًا إضافيًا معي؛ فقد اتَّصَل بي في رابع يوم زواج لهُ، واكتشفتُ أنَّه لَم يتزوَّج بعد سفري بأيام، فكلُّ المؤشِّرات تقول إنَّه يحبُّني، وأنَّه نادمٌ على ما فعلَ، وأنَّ زواجه من لمياء كانَ غلطةً.

وصوت بداخلي يصرخُ: اصمتي! لا يوجد رجلٌ على ظهر هذا الكوكبِ تسيطر عليه جدَّتُه، مات كلُّ مَن تسيطرُ عليهم أمُّهاتهم وجدَّاتهم يا غبية!

اتَّصلتُ بسارة، وهي إحدى الفتيات اللَّاتي تعرَّفتُ عليهنَّ في الإنترنت، وخرجنا على العشاء.

كنتُ أقضي أيَّامي وحيدةً، وأجاهد لأنساه وأكون سعيدة دونه، تعمَّدتُ رؤية سارة في هذا اليوم، فهو أوَّل لقاء بيننا، وسوف نتحدَّثُ عن أمورٍ كثيرة في الحياة، فهي لا تعرفني جيِّدًا إلَّا مِن خلال اسم مستعار، وهي لا تعرف عن خالد ولا أي شيء عنِّي، فمؤكَّد سألهُو معها وأقضي بعض الوقت.

وقبل موعد لقائي بها اتَّصَل خالدٌ مِن جديد.

- ألو.. اسمعيني ديم، لا تتركيني.

- لا أريدُك ولا أريدُ أن أحادثك، انتهَينا.. وقطعتُ الخطَّ.

كنتُ أتجاهلُ مكالماته كثيرًا، كنتُ أردُّ لأُرضي غروري أحيانًا، ولأقطع الخطَّ أحيانًا، فأنا أحبُّهُ، واتِّصالاته كانت تُشعِرني بخسارته لي، ولكنَّها لا تأخذ بثأري.

***

سيفاجِئُكِ النرجسي بأنَّه لا يستطيع العيشَ دونَكِ، ولا الاستغناء عن وجودكِ في حياته، وأنَّه يريد الزواج بكِ وتأسيس بيتِ العمر معكِ لدرجة أنَّه سيشاركُكِ في تصميم منزلِ العمر،

ويسألكِ عن عددِ الأطفال الذين تنوِينَ إنجابهم، وعن أسمائهم، يُدخِلُكِ بحرًا عميقًا لِيُغرقَكِ، ويُخرِجَكِ كسمكةٍ تلفظُ أنفاسَها الأخيرة، وهذا هو أسوأً ما في ألاعيب النرجسيّ، إنّكِ تعتقدين وتعيشين الأحلام، ويملأُ حياتَكِ بالكثير مِن الأحلام والورد والزهور، وتبنِين بيوتًا مِن رمال، وحينما يأتي وقتُ الأفعال فستبحثين عنه ولن تجدِيه، وسيُشعِرُكِ أنَّ سبب عدمِ نجاح العلاقة هو خبثُكِ وأخطاؤكِ وتلاعُبكِ.

***

اكتشفتُ أنِّي أنا أيضًا كنتُ مريضةً بمرضٍ نفسيٍّ اسمه خالد، فهذا المرض معدٍ مخيفٌ، يجعلك تعاني عقدةُ كبيرة، أصبحتُ أخاف مِن الفَقدِ، مِن أن أفقد مَن أحبُّهم؛ فكلُّ شيءٍ أحبُّه لا أريدُ أن أتركَه حتَّى وإن كنتُ لا أحتاجهُ.

كانَ خالدٌ التجربةَ الأولى لي، فهو أوَّلُ مَن وثقتُ به وأحببتُه وفقدتُه.

مرَّتِ الأيَّام، ولَم أكن أستجيبُ لمكالماته ووبَّخته، وبعدَ محاولاتٍ قَبِلتُ أن أردَّ عليه يومًا في الأسبوع، واتَّفقنا على يوم الخميس، وتعمَّدَ أن يختار يوم الخميس لأنَّ زوجتَه تعملُ بعيدًا

64

وتعود إلى البيتِ الخميس، فاختار هذا اليوم ليقهرَها بمراسلتي، فكنتُ أنا الشَّمَّاعة التي يريد استغلالها في حياته، كان يرسلُ لي رسائلَ عديدة عامَّة، ولا يهتمُّ بأمرها ولا كأنَّها عروس جديدة وشغوف عليها.

كنتُ أقرؤها رسالةً رسالةً، كلمةً كلمةً، لعلِّي أجدُ فيها ريح يوسف، ويخبرُني أنَّه عائدٌ لي ويحبُّني، وسيبقى بجانبي.

كنتُ أنتظرُ الخميسَ، أنتظرُ اتِّصالاته، وغالبًا ما كنتُ أتجاهلُها، ويمرُّ أسبوعٌ، أسبوعان لا أُحادثه، أتجاهله، أستمتع بتعذيبه، وحينما يداهمني شوقٌ أردُّ عليه.

بعدَ مرور سبعة أشهر على زواجه وفي وقتٍ متأخِّرٍ ليلًا، كنتُ أراه يدخل ويخرج مِن (الماسنجر) مرارًا وتكرارًا، فأنا أدخل بخاصيَّة "الأوفلاين" حتَّى لا يعرف أنِّي متواجدةٌ على الإنترنت أنتظرهُ، كنتُ أدخلُ لأتفحَّص بقايا الذكريات الماضية بيننا، فأنا لَم أستطِع أن أنساه، بل كنتُ أحاول أن أتناساه وأساعد نفسي لأتحاشاه، ففي كلِّ ليلةٍ أتقلَّبُ على فِراشي أفكِّر كيف حدث، تأخذني الذكريات في كلِّ الاتِّجاهاتِ، فبداخلي دنيا حب مجنونة تصيح: أريدُه وأحبُّهُ، ولكنَّ هذا الرَّجلَ لن ينفعني، ولن يرضى أهلي به؛ فهو تزوَّجَ مرَّتين، الأولى لَم تصلح، والثانية زوجة رسميَّة

شرعًا وقانونًا، وقد يرزقه الله بثمرة لياليهم الحمراء، ويتغيَّرُ الكلام والوعود وكلُّ شيء.

قرَّرتُ هَجرهُ وحَظرهُ، وكنتُ في ذاتِ الوقتِ أترقَّبُ رسائله، كنتُ أخاف الله أن يبتليني؛ فلمياء لها الله، لا ذنبَ لها، فتاة خطبها رجلٌ وتزوَّجَت.

أومن بالكارما، وأنَّ دعوة المظلوم مستجابةٌ، وطاحونة الأيَّام إذا دارت ما رحمَت، وأنَّ الدُّنيا تمشي على "كما تفعل تُجازَى"، وأنَّ ما تفعله اليوم سيُفعَل بك غدًا مهما هربتَ أو نكرت، فرميتُ بمشاعري جانبًا، وخفتُ الله، فكنتُ في كلِّ يومٍ أدعو الله أن ينجِّيني مِن حبِّ خالدٍ وينسيني إيَّاه.

في السَّاعة الثَّانية ليلًا مِن ذلك اليوم رأيتُ بريدًا إلكترونيًّا مِن خالد يكتبُ فيه: "أزيلي الحَظر عنِّي، أعرفُ أنِّي محظور، سوف أقولُ شيئًا".

بعدها اتَّصَل بي مباشرة على هاتفي، ولا كأنَّه هو ولا كأنِّي عرفتُه، كان رجلًا غريب الأطوار، لأوَّل مرَّة تظهر لي علامات النرجسيّ بوضوح، فلَو كنتُ يومها أعرفُ معني نرجسي، لكنتُ أنقذتُ نفسي منهُ وهربتُ تلك الليلة.

كنتُ أشعر أنَّ هنالك خطبًا ما في خالد يعاني منهُ، به شيء لا أعرفُه ولا يودُّ قولَه، ولكنَّه يثرثر ويقول كلامًا غريبًا قاسيًا بلا سبب.

فسألتُه:

- لماذا تتَّصِل بي بهذا الوقت وتشتم؟

- أتَّصل وقتما أريدُ وأحبُّ.

- ولكن هناك اتِّفاقٌ بيننا لا يجبُ أن تنساهُ.

- أفعلُ ما يحلو لي، لا تظنِّي نفسَكِ شيئًا، فأنتِ لا شيء بالنِّسبة لي سِوَى فتاةٍ نكرةٍ عرفتُها وقضيتُ معها وقتًا والسَّلام.

- طيِّب، ما المطلوب مِن النَّكرة الآن؟ لماذا تتَّصل؟ على فكرة يا خالد، أنتَ أيضًا بالنِّسبة لي تجربة ومحطَّة تعلَّمتُ منها دروسًا، وليس درسًا واحدًا، وكنتَ تسلية وتقضية وقتٍ لي فقط لا غير!

- طيِّب، ماذا تريدين الآن؟

- أنا لا أريدُ شيئًا، أنتَ مَنِ اتَّصلتَ وأرسلتَ برسالةٍ لأفتح الحَظر، فأنا ما أريدُه هو فِراقك.

خالد قطعَ الخطَّ، لأوَّل مرَّة يقطع الخطَّ، يهاجم، يتغيَّر، يَظهر على حقيقته، هذا خالد الحقيقيُّ، أمَّا في السابق فكانَ

صاحب القناع الخفي، الممثل البارع الحاصل على جائزة الأوسكار لأفضل مؤدٍّ للعام.

بحثتُ عن الموضوع، واكتشفتُ أنَّ لمياء هجرَت خالد، وتركَت له الجَملَ بما حمَل، وأنَّها عائدةٌ إلى بيت أهلها طالبةً خلعه.

تركَني يومين، وعاد يتَّصِل بي، كانت السَّاعة الثَّانية عشرة ظهرًا يوم عطلةٍ وأنا خارجةٌ للتسوُّق مع أختي، كان يتحدَّث بنفس الشخصيَّة التي هاجمَتني تلك اللَّيلة، كنتُ أستمع له ولا أردُّ، كان يشتمُ ويتلفَّظ بألفاظ وقحةٍ غريبةٍ لَم أسمعها يومًا مِن أحد في حياتي، وكأنَّهُ بدَّل لسانه بشخص سوقي آخَر، تبدَّلَت أخلاقه، ليس هو على الإطلاق!

كنتُ أمشي للتسوُّق مع أختي سديم مذهولةً، أراها تختار وتتسوَّق، أمَّا أنا فكنتُ بليدة ولا أشعر بما ألمس ولا أسمع ما تقول، أسترجع ما قالَه خالد سارحةً غارقةً، ما الذي حدث له؟! مَن هذا الرجل؟!

لمياء والماسنجر

بعد هذه الحادثة جاءَتني إضافةٌ مِن فتاةٍ على الماسنجر، وفيما بعد اكتشفتُ أنَّها لمياء زوجته.

لمياء:

- مرحبًا.

ديم:

- مراحب.

لمياء:

- مَن أنتِ؟

ديم:

- أنتِ مَن أضافَتني، فمؤكَّد تعرفين مَن أنا!

لمياء:

- وجدتُ بريدكِ وأضفتُكِ، ولديَّ فضولٌ لأتعرَّفَ عليكِ.

كنتُ أشعر أنَّ هذه المرأة تعرفُني، وتريدُ أن تتأكَّد مِن شيء، وفي نفسِ الوقت فقدَ خالدٌ بريدَه الإلكترونيَّ، وكأنَّ أحدًا ما قد

اخترقَهُ، وفقدَ أصدقاءَه وقائمة الماسنجر التي لا أعرف مَن فيها حتَّى اليوم.

اتَّصَل بي ملاطِفًا يسألُني إن كان هناكَ أحدٌ ما يراسلُني مِن بريده، فأخبرتُه عن الفتاةِ الجديدة التي تريد التعرُّفَ عليَّ واسمُها لمياء، فطلبَ منِّي حَظرها، فلَم أفعل، وبعدَها طلب منِّي بريدي والرَّقم السريَّ الخاص بي؛ ليتمكَّن مِن مراسلتها واستعادة بريده، فكنتُ ما زلتُ غبيَّة وأحبُّه، فأعطيتُه.

لَم أعرف أنَّ مَن سرق بريده وغيَّر رقمه السريَّ هي لمياء، وأنَّها اكتشفَت خياناتِه وأشياء كثيرة عن زواجه مِن الأولى، والمشكلات التي حدثَت بينهما، وتركَت له الجَمل بما حَمل ورحلَت.

بعد عدَّة أيام اعترفَت لي لمياء أنَّها تعاني مِن ظلمهِ وتعسُّفِه وغدرِه، ومِن بخله الماديِّ والمعنويِّ، فقرَّرَتِ الخلاصَ منه وللأبد وبلا نَدمٍ أو حسافة، وهي الآن بانتظار ورقتها لتعلِّقَها على كلِّ لسان وعلى كلِّ جدران حياتها؛ ليعرفَ العالمُ بأسره أنَّها تحرَّرَت منه وتخلَّصَت.

كنتُ في داخلي أقول: كم أنتِ غبيَّة يا لمياء كزوجته الأولى! هذا خالد حبُّ حياتي، خسرتِ الكثيرَ بهذا التصرُّف الأرعن يا لمياء، هذا خالد! أعرفه جيِّدًا، وهوَ ليس كما قلتِ، وأحبُّه جدًّا،

لماذا تخلَّيتِ عن الجنَّة يا لمياء؟! يا متهوِّرة، يا قليلة الحظِّ، وما ظننتِه جحيمًا هو الجنَّة بالنسبة لي.

قالت لي لمياء:

- فليعرفِ العالمُ وأوَّلهم ابن عمِّي في أمريكا أنِّي تحرَّرتُ وتطلَّقتُ، وأنتظره يعود لخطبتي ونتزوَّجَ، فأنا زواجي مِن خالد كان غلطة وتسرُّعًا وخدعةً، كنتُ أريدُ أن أغيظَ ابن عمِّي.

لَم أعرفِ الكثير عن لمياء سِوَى أنَّها فتاةٌ ذاتُ شخصيَّةٍ قويَّةٍ، متهوِّرة، صارمة، كلمتها واحدة، عصاميَّة، جرَّاحة مِن عائلة ميسورة، بيضاء، سمينة حدّ الامتلاء، وخالد لا يحبُّ السمينات، مختلفة بيئيًّا عنه بالطِّباع والقناعات وطريقة التَّفكير والحوار والتواصُلِ بالرَّغم مِن تعليمها العالي.

فتحَ خالدُ بريدي الإلكترونيَّ بعدما أعطيتُه الرَّقمَ السريَّ لعلَّه يجد ما يريده أو يجدني خائنةً، أو تعرَّفتُ على رجل بعده في غيابه، أو عشقتُ وخدعتُه، ولكنَّه لَم يجد شيئًا مِن كلِّ هذا، وجدَ بريدًا إلكترونيًّا وحيدًا بعثتُ فيه كتابًا لزميلٍ لي في الجامعة، وكأنَّما تأكَّد مِن الموضوع بنفسه، ولَم يناقشني فيه، وأعاد لي بريدي والرقم السري يومها.

***

71

لا يوجدُ نقاشٌ أو مساومةٌ مع نرجسيّ؛ لأنَّه دائمًا يعتقد أنَّه على حقٍّ، حتَّى إنَّه يمكن ألَّا يرى الخلاف على الإطلاق، فقط يعلِّمُكَ بعض الحقائق التي يراها مِن وجهة نظره.

وهذه بعض الأفعال التي يقومُ بها النرجسيُّ، لا يسمعُك، لا يفهمُك، لا يتحمَّل المسؤوليَّة، لا يحاولُ أبدًا المساومة أو التخلِّي مِن أجلك، لا يعتذر أبدًا، وإن فعل فسيكون بشكلٍ مراوغٍ لا يبدو فيه الأمر كاعتذارٍ فِعلي.

***

بعد تلك المكالمةِ، خالد أصبح قاسيًا، غريبًا، شخصًا لا أعرفُه، ليس هو تمامًا، حتَّى إنِّي شككتُ أنَّه يتعاطى أو يشرب الكحول.

ابتعدتُ عنه وخفتُ منه، فأنا لا أدرى ما الذي حدث معه بالضبط، أعرف أنَّ لمياء تخلَّت عنه، وغير ذلك لا أعرف؛ فالنرجسيُّ له علامةٌ تحذيريَّةٌ واضحةٌ وكلاسيكيَّةٌ، في الأغلب سيأتي النرجسيُّ إلى حياتك مِن حُطام علاقاتٍ فشلَت، أو بقايا سوابقٍ في الخيانة الأخلاقيَّةِ، وشظايا قلوبٍ تحطَّمَت بسببِ وجودِه في حياة أصحابها.

72

الأمرُ قد يخدعُ الأشخاصَ المرتبطين بالنرجسيِّين؛ لأنّهم عادةً ما يصبُّون اهتمامهم لامتصاص معاناة هؤلاء النرجسيِّين، فيقعون هم في الفخِّ.

***

عادَ خالد مِن جديد إلى حياتي، وبعد تعافيه مِن قصَّة طلاقه مِن لمياء عدنا أحبابًا مِن جديد، وعادت أيَّامُنا الحلوة، نضحكُ، نتسامرُ، ونسهرُ، ويتَّصلُ وأتَّصلُ، ويرسل الرَّسائل وأرسل له، وكان دائمًا يذكِّرني بقائمة الممنوعات التي وضعَها لي في السابق، فأخبرتُه أنِّي كنتُ حريصةً عليها واعتدتُها حتَّى في غيابه، فلَم يكُن يعلم أنِّي كنتُ أخدعه وأكذب عليه، وأضافَ على قائمةِ الممنوعاتِ تلك بنودًا جديدةً، وهي إذا طلب منِّي أن ألقاهُ يجبُ أن آتي سريعًا ولا أتأخَّر، لَدَيَّ نصف ساعةٍ فقط لألقاه، وإن تأخَّرتُ رحلَ، وأنِّي أعتبر اللِّقاء قد انتهى.

كنَّا نلتقي في كلِّ جمعةٍ مِن الأسبوع، أمَّا يوم الخميس فيقضيه مع أصدقائه، تذمَّرتُ منه، لماذا أنا الجمعة وهم الخميس؟

73

كنتُ أتشاجر معه وأحاسبه كزوجةٍ وليس كحبيبة، فكلَّما تذكَّرتُ ابتسمتُ، ولا أعرفُ هل كنتُ في زواجٍ حقيقي، أم كنتُ مريضةً أنا الأخرى وأعيش الوهم!

كنَّا نلتقي في أماكنَ عامَّة ومطاعم وكافيهات لا يزورها كثُرٌ حتَّى لا يصطادني أحدٌ.

وأعترفُ، معه لَم أكن أشعرُ بالخوف والرَّهبة مِن أن يراني أحدٌ، لا أدري! كان شعور الأمان معه غريبًا، فلَم أجد له تفسيرًا، ربَّما لأنِّي أحببتُه أكثر ممَّا يستحقُّ، وشعوري بأنَّه قريبٌ لأبناء عمي أسدل ستائر الأمانَ عليَّ.

كان يخافُ عليَّ أكثرَ مِن نفسه، فلَم يكن يستغلُّ وجودي معه جنسيًّا مثلما يفعلُ الكثير مِن الرِّجال مع الفتياتِ، فهذا ما جعلني أحسُّ بأنِّي درَّة ثمينةٌ يريدها لنفسه، خالد عرَّفني بقَدري وقدَّرني، وكنتُ أظنُّه لَم يتعرَّف على عائلتي ومَن أكون حتَّى ذلك اليوم؟

برُّ الوالدين

كانت فكرة أَنِّي أخبرُه مَن أنا تُطحَنُ في رأسي، يجب أن يعرفَ! إلى متى سأظلُّ أُداري وصامتة؟

مرَّ عامٌ ونصف على معرفتي به وأنا أفكِّرُ كيف أخبره أِنِّي ديم قريبة العائلة؟! لَم يكُن مهتمًّا ليعرفَ تفاصيلي ومَن أكون، فكنتُ بين شكٍّ ويقين، هل يعرفُ مَن أكون؟

بحكم وظيفتهِ وعمله يمكنُه بكبسة زِرٍّ أن يستخرج تقريرًا عن تاريخ حياتي وشجرة العائلة، ولكنِّي انتظرتُ الوقت الإلهيَّ ليعرف.

سألني ذاتَ يوم عن المطبخ، وإذا ماكنتُ أعرفُ أن أطبخ، فخدعتُه وأخبرتُهُ أَنِّي أجيدُ بعض الطبخاتِ التي أحبُّها، وأَنِّي إذا أحببتُ طعامًا تعلَّمتُه وطبختُه، فأنا ماهرةٌ بالنسبة لقريناتي في هذا الأمرِ، حتَّى إنَّ أُمِّي أحيانًا تعتمدُ عليَّ إذا ما جاءَنا ضيوفٌ.

فطلبَ منّي أن أعدَّ له حلوًى معيَّنة تُقدَّمُ في الأعراس تُشبِهُ "الكريم كراميل" طعمها لذيذٌ، كان يأكلها وهو صغير حينما يذهبُ للزواجات برفقة جدَّته.

اتَّصَلتُ بصديقتي لين لأسألها؛ فهي الماهرة في الطبخ، أخبرتني أنَّها تُسمَّى "برّ الوالدين"، فبحثتُ في كشكول أمّي عن هذه الطبخة.

ناديتُ بصوتٍ مرتفعٍ:

- أمِّي، أمِّي، أمِّي، أمّ سالم! وجدتُها، إنِّي قادمة إليكِ في المطبخ!

استهجنَت والدتي اهتمامي وحضوري القويَّ؛ فوالدتي كانت دائمًا تشجِّعُنا على دخول المطبخ لنتعلَّم، ولكنَّنا نتعذَّر بالدِّراسة ونهرب، فقضَت والدتي جُلَّ وقتها بنا فيما نحب أن نأكل والبيت وأبي.

قبلَ أن أبدأ وأحضِّر المقادير للطبق المطلوب بحثتُ عن صحنِ التَّقديم الذي سأقدِّمُ به الحلوى، فوجدتُ أجمل صحنِ تقديمٍ لأمِّي زجاجيًّا مدوَّرًا له قاعدةٌ طويلةٌ طوليَّة مِن الأسفل، لا يصلح إلَّا أن يُوضَعَ على طاولة التقديمِ كديكور أو مِن الثَّلاجة لطاولة التقديم مباشرة، ومِن ثمَّ تفحَّصتُ ما إذا ما كانت جُميع المقادير متوفِّرة لدَينا، وذهبتُ لأشتري النَّواقص، وبدأنا في إعداد الحلوى أنا وأمِّي.

أمّي:

- لأوَّل مرَّة أراكِ مهتمَّة بالمطبخ! ما الذي حلَّ بكِ فجأة يا ترى؟!

- قصَّة طويلةٌ يا أمِّي، فصديقتي أمل لدَيها عَزومةٌ كبيرةٌ، وتريدُ منِّي هذا الطَّبق.

- أها.. طيب، عمل جيّد.

حاولَت أمِّي أن تغيِّر رأيي عن عملِ هذا الطبق بالذَّات؛ فهي مشهورةٌ بحلوى البسبوسة، رفضتُ وحاولَت أن تنهاني عن استخدام هذا الصحن بالذَّات؛ لأنَّه غير مناسب للتنقُّل، ولأنَّني عنيدةٌ رفضتُ.

- هذه الحلوى تحتاجُ إلى يومين في الثَّلاجة لتجمدَ يا ديم.

- لا تقلقي يا أمِّي، لا عليكِ، فأنا سأتصرَّف.

- كم أنتِ عنيدة!

انتهَينا مِن إعدادِ الطبقِ، وتركتُه لساعات قليلة في الثلاجة، وغلَّفتُه وأخذتُه إلى مركبتي.

كنتُ أقودُ السيَّارة بيدٍ والأخرى تمسكُ الطبقَ الجالس بقاعدته في أحضاني.

ذهبتُ مسرعةً إليه، فمِن منزلنا إلى منزله لَم تكنِ المسافةُ بعيدةً، وحينما وصلتُ كان نصفُ الطبق مسكوبًا على عباءتي وسجَّاد سيارتي.

اقتربَ خالدٌ منّي، ورآني سائحةً بالكراميل؛ فهي لَم تجمد بعد، وهربَت كالزئبق مِن الطبقِ إلى ملابسي، ولَم يتبقَّ منها سِوَى قطعةٍ صغيرةٍ جدًّا بحجم فنجان قهوة.

انفجر ضاحكًا يومها، أُصيبَ بهستيريا ضحكٍ لَم يوقفه عنّي شيءٌ، كنتُ غاضبةً مِن ضحكهِ، ثمَّ شاركتُه الضحكَ، لَم يستطِع أن يعبّر بجملة مفهومة وهو يرى الكراميل على ملابسي، ويأكل منها، كان يراني أضحك وأبكي في ذات الوقت.

كان يمزحُ ويهرِّج، فيقول:

- أنا بارعةٌ وماهرةٌ في الطبخ يا خالد، هاه!

اقتربَ منّي وهمسَ:

- أخاف على نفسي منكِ، كيف ستطبخين لي ولأولادي مستقبلًا؟ الله يستر!

همسَتُه في أذني تلك رشَّت عليَّ النجوم، فجَّرَت كلَّ أحاسيسي وأنهاري، أنبتَت بداخلي حدائق غنَّاءَ وطيورًا تغرِّد.

بيني وبين نفسي أردّدُ ما قاله لي، عدتُ إلى البيت أسعدَ فتاةٍ على ظهر هذه البسيطة، لا أعرفُ هل عدتُ أقودُ السيّارة أم السيارة قادتني.

كانَت أيّامنا جميلةً، وكنتُ فعلًا سعيدةً، استطاعَ إبهاري مِن جديد، نسيتُ لمياء وزواجه وتخلّيه عنّي، وأنَّه لَم يضحّ بأي شيءٍ، وفتحتُ صفحةَ حبٍّ معه.

***

اليوم الموعود

عرفتُ أنَّ خالد يعشق القِططَ، فقرَّرتُ أن أشتري له (فراخة)، قطَّة شيرازيَّة بيضاء كالفشار، عيناها واحدة زرقاء والأخرى عسلية جميلة جدًّا، مكثَت معي ليومين إلى حين موعد ميلاده، وتكون هديَّتي له.

كانَت فراخة قطة شقيَّةً تجري خلفي في البيت، تتعلَّقُ بملابسي، إذا قرَّرتُ أن أنام وضعتُها في الحمَّام كي لا تخدشَ وجهي وأنا نائمة، أسمع مواءها تناديني، فينفطر قلبي، وأفتح لها البابَ وأجري لأختبئ عنها في غطاء السرير الذي يمتلئ بالهواء كبالونٍ كبير، تقفزُ عليَّ بسرعةٍ، تخدشني بأظافرها كي أفتح الغطاء وتراني.

كانت تتلصَّص عليَّ كطفل صغير وأنا أرقبها مِن تحت الغطاء، أرى عينين ملوَّنَتين تنتظرني.

اتَّصَلتُ به لأهنِّئه بيوم ميلاده، وأخبرتُه بأنَّ هناك مفاجأة تنتظره.

جاء خالد على الموقع المحدَّد، كنتُ متعمِّدة أن يعرف موقع منطقتنا والحيَّ الذي أقطن فيه؛ لأرى ماذا سيحدث بعد ذلك!

سألَني:

- ديم! ابنة مَن أنتِ؟

- كم مرة تسأل مَن أنتِ؟! اسمي ديم، لديَّ ثلاث أخوات وأخ، أدرس في الجامعة الأمريكيَّة إدارة أعمال، ومِن أقرب هواياتي لقلبي الرسم وحبُّكَ.

- أعرفُ كلَّ هذا عنكِ، ولكن أريدُ أن أعرفَ المزيد.

- ألا يكفيكَ حين أقول لك بأنِّي أحبُّكَ؟

ابتسمَ وصمَتنا.

لأوَّل مرَّة أقولُها له منذ أن عرفتُه، أحبُّك كلمة كانت صعبة على كلَينا، لَم نعتد عليها، لَم نتعلَّمها، لَم نقُلها لبعض دون شعور.

فاضت عاطفتي وقلتُها، فضمَّ يدي وأخذَ فراخة ورحل.

قد أكون أنا أيضًا نرجسيَّة بدرجةٍ ما، فكلُّنا نرجسيُّون بدرجاتٍ في حبِّ الذَّات، فالظُّروف التي يمرُّ بها المرء تقرِّرُ في أيّ مرحلةٍ نرجسيَّتُه تكون، وهل له قابليَّة لعلاج نفسه أم لا.

كنتُ أشعرُ أنِّي أحبُّ نفسي أكثر مِن أي شيءٍ إلَّا خالد، فقد أحببتُه أكثر مِن نفسي، تطرَّفتُ في حبِّه، ابتُليتُ بطباعه

وتطبَّعتُ بها، وتغلغلَت بي، أشعرُ وكأنّي أُصِبتُ بعدوى خالدٍ، بمرضٍ نفسيٍّ مِن طرازٍ خاصٍّ ليس له دواء، كِلَانا حاملان طفولتنا معنا، نصارع بها حاضرَنا لنرضى ونعيش.

عرفتُ أنَّ خالد يعرف عنّي كلَّ شيءٍ، لَم يكُن غبيًّا حتَّى يصدِّقَ هروبي منه، فهو يعرف مَن أكون، فرجل الأمن الذي أعشقه فضولي، واستحالة أن يتركني شخصية مبهمة في حياته ويتغابى، لا أصدِّق.

أُومِن بأنَّ الإنسان إذا أحبَّ تغاضى ليمضي القطار، أتذكَّرُ تلك الحادثةَ جيِّدًا، يوم خميس، المكان مكتظٌّ بالنَّاس، رجال كثر يلبسون دشاديش بيضاء، مجتمعين بمجموعات كثيرة، واقفين كالنَّمل.

كنتُ أتجوَّلُ مع ابنة خالتي نورة في مرسى دبي الجميل المليء بالأبراج واليخوت والمطاعم المطلَّة على البحر، وخالد كعادته يوم الخميس يقضيه مع أصدقائه.

دخلتُ للساحة متبرِّجة بمكياج وعباءة مفتوحة، وغرَّتي تتدلَّى، ضاربة شروطه تلك بعرض الحائط.

قلتُ لنورة:

- أشعر بالخجل، كيف نعبرُ ونمرُّ بين كلِّ هؤلاء؟!

- لا أعرف يا ديم، المكان مكتظٌّ جدًّا، ولكن سنذهب للكافيه هناك، سنجلس بعيدًا عن كلِّ هذه الحشود.

- أوكي.

وما هي إلا ثوانٍ على الحوار بيننا ونحن في الطريق إلى الكافيه بين النافورة الدائرية المسطَّحة، كانَ هاتفي يرنُّ بلا توقُّف، فكلَّما أغلقَ المتَّصلُ يعاودُ الاتِّصال مِن جديد، شعرتُ أنَّ هناك خَطبًا ما، وأنَّ أحدًا يريد أن يكلِّمني وبقوة.

حدَّقتُ في حقيبتي مِن دون أن أُخرِج هاتفي، ورأيتُ رقمه على الشاشة: "خالد يتَّصِل".

طلبتُ مِن نورة أن تغيثني وأن نغادر بسرعة وعلى الفور، فقالت لي:

- ما خَطبُكِ؟! ما الذي حدث؟! سنتعشَّى ونغادر!

قلتُ لها:

- أرجوكِ يجبُ أن نغادر وبسرعةٍ، دعينا نذهبُ نورة، أرجوكِ سأخبركِ بالسبب لاحقًا.

استرجعنا السيارة مِن المواقف المدفوعة بسرعةِ البرق وهاتفي يرنُّ وبلا توقُّفٍ، كنتُ متأكِّدة مِن وجوده في المكان، فكان ينتظرني أن أحمل هاتفي بيدي ليتأكَّد هل مَن رآها هي أنا، أم أنَّها فتاة أخرى تشبهني؟!

كنتُ خائفة، مرتعبة جدًّا، ولكنّي استخدمتُ دهاء الأنثى هذه المرَّة.

طارَت بنا نورة بسيَّارتها "الرينج روفر وهي تستنكرُ تصرُّفي وتتساءَل:

- ما بكِ يا ديم ؟!

هي لا تعرفُ شيئًا عن خالدٍ، ومَن يكون، ولا عن عقدهِ النفسيَّة، ولا شروطه، ولا أي شيء، فطلبتُ منها أن تتوقَّف عندَ أسرعِ محطَّةِ بنزين في الطريق.

أخبرَتني أنَّهُ لا توجدُ محطَّة قريبةٌ مِن هنا، والسيارة بها بنزين ولا نحتاج.

أخبرتُها:

- أرجوكِ افعلي ما أريد هذه المرَّة! ودقَّات قلبي مُحدِثة صواعق بقلبي.

وصلنا للمحطَّة في زمنٍ قياسي، اتَّصلتُ بخالد، وطلبتُ مِن نورة أن تصمت.

- هلا خالد، خير! كم مرَّة متّصل! ما الحاصل؟

- لماذا لا تردِّين على المكالمة؟

قاطعتُه وخاطبتُ عاملَ المحطَّة:

- ضع لي بنزين "فوّل خصوصي"، وأغلقتُ النافذة بسرعة حتَّى لا يعود لي العامل ويطلب العشرين درهمًا!

عدتُ لمكالمة خالد ببرود: هلا والله، ما سمعتُه! وضعتُه بخاصيّة الصامت، وكنَّا نتعشَّى مع صديقاتي، أنتَ تعرفُ أنِّي أرافق ملتزمات ومتديّنات، ولن يرضين بأن يرافقن فتاةً تتحدَّث مع رجل غريب.

- أها! في أيّ مكان تتعشِّين؟

- في المطعم الكئيب الذي نلتقي به دائمًا في ديرة.

- وإلى أينَ أنتِ ذاهبة الآن؟

- موعد عودة سندريلا للبيت، إنَّها العاشرة مساءً.

وأشرت إلى نورة بيدي أن تتحدَّث عن أيّ شيءٍ في الهاتف، فسمعَ صوتَها، وتأكَّدَ أنَّه يستحيلُ أن نصلَ إلى محطَّة بنزين بهذه السرعة وبهذا الزمن القياسيّ، ولَم يتوقَّع بأن أكون بارعة بالتمثيل لهذه الدرجة.

- طيِّب لا تتأخَّري، سوف أحادثُكِ لاحقًا.

- مع السلامة.

نورة في حالةِ ذهولٍ، مَن يكون خالد؟ ولماذا أنا خائفة ومهتمَّة لهذه الدَّرجة؟! وهل دخل حياتي رجل؟

- ديم.. تحبين يا بنت؟!

- أي حب أي خرابيط، حب مصلحة فقط.

أخبرتُها بأنَّه زميلٌ معي في الجامعة، يحبُّني وسيتقدَّم لخطبتي عمَّا قريب، وأنَّ له شروطًا معقَّدة لا تتناسب مع طبيعتي، وأنَّ شخصيَّته "دقَّة قديمة" تستحقُّ أن أمثِّل عليها هذا الدَّور، وإني أتسلَّى!

ضحكَت وقالت:

- تتسلَّين وكلُّ ذاك الخوف الذي رأيتُه فيكِ؟! ديم، أنتِ فتاة ذكيَّة وعجيبة، تصرَّفتِ بسرعةٍ، أعجبني دهاؤكِ جدًّا، ولَم يعجبني تحكُّم هذا الرجل بكِ، وماذا لو قلتِ بأنَّكِ في هذا المكان؟! ما المشكلة؟! حرام! فأنتِ حالكِ مِن حاله، ما الزائد والناقص؟!

- لا لا.. لا تكبِّري الموضوع يا نورة، أنا أستفيد منه في الجامعة في تحضير البحوث والامتحانات، وأوهمتُه بأنِّي أحبُّه وسوف أقبَل بالزواج به بعد الجامعة، واشترط عليَّ أن ألتزم بالحجاب الإسلامي الصحيح، وألَّا أرتدي البنطلونات بعباءة مفتوحةٍ، وأن أنسى مساحيق التَّجميل والكعب العالي، وغيرها مِن الشروط، آااه! قصَّة طويلة يا نورة، سأحكيها لكِ لاحقًا.

- هممم، استحالة أن أقبَل بأن يتحكَّم بي رجل يحدِّد أين أذهب، وكيف آكل، ومع مَن أخرج وأعود، الرجل الذي يحبُّكِ يريدكِ كيفما أنتِ، فإذا أردتِ إزعاج أحد فافرضي سيطرتكِ عليه، جميعنا لدينا هدف في هذه الحياة جئنا لأجله لنؤدِّيه، ولا يحقُّ لأي شخص أن يوقفكِ عن ذلك.

- صحيح ما تقولينه، ولكنّي مضطرَّة لمصلحتي.

في نفسِ اللَّيلة اتَّصل وأخبرني أنَّه رأى فتاةً تُشبهُني مع ابنة خالتي نورة، فهو يعرفُ نورة جيدًا، ويعلم أنَّها تعمل مديرة في سوق دبي المالي، ورآها مرات عديدة.

- تصدِّقين ديم.. مَن كانت مع نورة أنتِ! طِبق الأصل تشبهُكِ! طولك.. رشاقتك.. شعرك.. بياضك.. أنتِ!

- إنَّها ليست أنا، قد تكون أختها.

- سبحانَ الله! الشَّبهُ كبير بينكما، والفرق بأنَّها سافرة مكشوفةَ الرأسِ، وعباءتُها مفتوحةٌ!

- نعم أكيد نتشابهُ، نحنُ مِن عائلةٍ واحدةٍ، ويربطنا دمٌ واحد.

لَم أكن متأكِّدة أنَّ هذا الضابط الذي أُحدِّثكُم عنه هل مرَّرَ لي، أم أنَّه فعلًا صدَّقَني، فالإنسان إذا أحبَّ يكذِّبُ عينيه ويصدِّق قلبَه، وإذا كرهَ لا يصدِّق لا عينه ولا قلبه، فلَم أكن

أعلم أنَّ النرجسيَّ المريضَ يخطِّط ليوقعني في حبِّه أكثر، وأتعلَّق به، ولا أتفكَّك منه أبدًا.

***

يحاولُ هؤلاء الأشخاص تعويضَ افتقارهم لهذا الشيء عن طريق إيمانهم الرَّاسخ بأنَّهم مثاليُّون.

وفي كثيرٍ من الأحيان تكون حاجتهم للإعجابِ ملحَّةً لدرجةٍ تجعلُهم أشخاصًا متلاعبين لا يكترثون إلَّا لأنفسهم ولرغباتهم وحاجاتهم، فلا تغرُّك البدايات معهم، فهم عدوانيُّون، ولدَيهم بعض الأسباب التي أدَّت إلى هذه الحالة؛ على سبيل المثال نجدُ الأشخاصَ الذين يعانون مِن اضطرابِ الشخصيَّة يعانون أيضًا مِن الشعور بعدمِ الأمانِ، وهذا قد يكون بسبب صدمةٍ في مرحلة الطفولةِ، مثل سوء المعاملة، أو الإهمال، أو أيّ شيء يجعلُ الطفلَ يشعرُ أنَّه أقلُّ قيمةً مِن غيره.

***

الخميسُ يا سادة!

مرَّت سنواتٌ دون أن أشعرُ وأنا على علاقتي بخالد في تطور لَم أتغيّر عليه أبدًا، ولَم يخطر على بالي الارتباط، وأنِّي كبرتُ وأصبحتُ في سنّ زواج.

في يوم خميس غضبتُ منه، وتعاركتُ كعادتي على يوم الخميس بأنَّه يومي، وأريد أن أغيِّر يوم الجمعة، وأريد أن أراه اليوم.

رفض وأغلق الهاتف، وفي أقلَّ مِن ساعة عاد ليتَّصِلَ بي ويطلب رؤيتي، وهدَّدني أنَّ لديَّ نصف ساعةٍ للوصولِ إليه.

ففي النِّصف ساعة مطلوبٌ مِنّي أن أرتدي ملابسي وعباءتي وآتي إليه أجري كالمجنونةِ مِن دون أي نقطة مكياجٍ.

كان خالدٌ غريبَ الأطوارِ، يأتي بمنديل إذا رآني، ويمسحُ وجهي ليتأكَّد بنفسه مِن بشرتي، هل فِعلًا لَم أضع شيئًا على وجهي أم أنّي أكذب!

لستُ أدري.. هل كنتُ عاقلةً حينما صبرتُ عليهِ واحتملتُ تصرُّفاته؟ وهل يمكن للحبِّ أن يحوِّلَ المرءَ إلى عبدٍ ذليلٍ مطيعٍ مسكينٍ يرضخُ ويرضى بأيّ شيءٍ؟

لَم أكن دميمةً أو قبيحةً حتَّى أرضَى بقائمة الممنوعات المفروضة عليَّ تلك مِن رجل لا يربطني به سِوَى قلبي ومشاعري!

صِرنا أنا وخالد نتحدَّثُ بصوتٍ مرتفعٍ، أصبحنا نتشاجرُ أكثر ممَّا نضحك، يُغضِبُني بتصرُّفاته وعصبيَّته المفرطة، وكنتُ أُرضِي نفسي بنفسي، وأخيطُ جروحي وحدي، وأُصارعُه بيني وبين نفسي.

في بعض الأحيان يتَّصِل بي ليشتم ويتمرَّد ويقذفني بأبشع التُّهَم دون أسبابٍ.

كان يتفنَّنُ في إيذائي وتعنيفي، ويحاسبني على أخطاءِ النَّاس والعائلة ومَن حولي.

باختصارٍ كانَ انتهازيًّا وصوليًّا لا أعرفُ ماذا يريد، احترتُ فيه ومعه!

في أحد الأيام والقمر بدر، أخذَني إلى حديقةٍ كبيرةٍ قريبةٍ مِن حَيِّنا.

خالد:

- ماذا أعني لكِ يا ديم؟

- لا شيءٍ.

أمسكَني مِن يدي:

- لا شيء! لِماذا أنتِ معي إذن؟!

كرَّرتُ إجابتي:

- لا شيءَ يا خالد، لا شيء، لَم أعد أهتمُّ لأمركَ، مللتُكَ، تتصرَّفُ وكأنَّكَ طفلٌ مراوغٌ؛ تارةً تريدني وأخرى متعجرفٌ ضاربٌ بكلِّ الحبِّ عرض الحائط!

ألفاظك سامَّة، وأسلوبك فظٌّ، أستطيع أن أتلفَّظَ بنفس كلماتك، وأستطيع أن أسخرَ منكَ ومِن زواجاتك؛ فمَن بيتُه مِن زجاجٍ لا يرمي النَّاسَ بحجرٍ، ولكنِّي ديم ابنةُ أبي، أعرفُ حدودي، ولَم أتربَّ على هذا الأسلوب أبدًا، ولن أكونَ!

خالد، أُفكِّرُ أن أنساكَ.

- تنسيني! مَن أنتِ حتَّى تنسيني؟ أنسيتِ نفسَكِ ومَن تكوني؟! أنتِ ابنةُ شارعٍ تتحدَّثين معي دونَ علمِ أُسرتكِ، وتخرجين للقائي! مَن أنتِ؟! ولكمني على وجهي، وظلَّت أصابعُه مطبوعةً على خدِّي لأسبوعٍ.

التفتُّ يمينًا ويسارًا لعلَّ أحدًا رأى إهانتي، لعلَّ أحدًا ينقذني منه، لعلَّني أهرب منه، ماذا أفعل؟

بعدَها جرَّني إلى السيّارة، ضمَّني إليه دون أن ينطقَ بأيّ كلمةٍ.

الرَّجل الذي أنا معه أقضي ساعاتٍ أحادثه، وأروي لهُ الحكاياتِ والقصصَ وسردًا تفصيليًا ليوميَّاتي، وأهتمُّ لأمره: ماذا أكلَ؟ هل فطَرَ؟ هل نامَ؟ كأنّي تزوَّجتُ وأنجبتُه، لكن لَم يثمِر به كل هذا!

كان يظنُّ هذا النرجسيُّ أنَّ حبّي له ضعفٌ، وأنّي لن أتمكَّن مِن الخلاص منه، فلَم يكن يسمعُ ولا يهتمُّ، كانت غلطتي هي أنّي تصرَّفتُ معه كأَمَة، وتنازلتُ له عن كلِّ مشاعري وأحلامي، وصبرتُ عليه.

***

صاحبُ الشخصيَّة النرجسيَّة غالبًا ما يكون منغمسًا في ذاتِهِ تمامًا، وقد يعتقد أنَّه يحقُّ له الذَّهابَ إلى حيثُ يريد، أو التطفُّل على أغراضكِ الشخصيَّة، أو إخباركِ بما يجب أن تشعري به، ربَّما يقدِّم لكِ نصائحَ غير مرغوبةٍ، أو يضغط عليكِ في مواقف عديدة، لهذا السبب يجب أن تكوني واضحةً تمامًا بشأن الحدود التي تهمُّكِ؛ لأنَّ صاحبَ الشخصيَّة النرجسيَّة يبدأُ عادةً في

الانتباه عندما تبدأُ الأشياءُ في التأثير عليه شخصيًّا، لذا تحدَّثي عن العواقب فقط إذا كنتِ مستعدَّةً لتنفيذها بالفعل، وإلَّا فلن يصدِّقَكِ في المرَّة المقبلة.

تقول بيكار: «سيحاول النرجسيُّ قمعَكِ ومناداتكِ باستخدام ألفاظٍ نابية، وحتَّى استخدام دعابات ليست مضحكةً بالمرَّة، إنَّ هدفهم هو التقليل مِن ثقة الآخرين بأنفسهم حتَّى يتمكَّنوا مِن زيادة ثقتهم؛ لأنَّ هذا الأمر سيجعلهم أكثر قوَّةً».

تقول بيكار: "إنَّكِ إذا أصررتِ على إنهاء علاقتكِ معهم، سيجعلون مِن أذيَّتكِ هدفًا لهم، والسبب هو تركُكِ لهم.

سيتضرَّر غرورُهم لدرجةٍ تجعلُهم يشعرون بالكُره والغضب تجاه أي شخصٍ يحمِّلهم الخطأ؛ إذ إنَّ كلَّ شيءٍ هو خطأ الآخَرِين، والانفصال مِن ضمنِها."

سيتكلَّمون بالسُّوء عنك للمحافظة على ماءٍ وجهِهم، أو قد يبدؤون بمواعدةِ شخصٍ آخَر مباشرةً ليُشعِروك بالغيرة وليشفوا غرورهم، أو قد يحاولون سرقةَ أصدقائك.

***

كنَّا إذا تشاجرنا يهجُرني لأيام طويلة ويتركني، كان يتعمَّد إزعاجي وخلق معارك لا أصلَ لها، كان يفعل مِن الحبَّةِ قبَّة.

افتقدتُ خالد الحنون الذي كان، افتقدتُ الضَّحكَ والإهداءات والأغاني والمراسلات.

كنتُ أبتلعُ أمواسه وأسكتُ لعلَّ اللهَ يُحدِث بعد ذلك أمرًا.

***

الخيانة

وفي طريق عودتي مِن الجامعة إلى البيت اتَّصَل بي، وطلبَ لقائي فجأة، رحَّبتُ بالفكرة، وأخبرتُه أنّي أحتاجُ لوقتٍ أطول حتَّى أصل إليه؛ فالطُّرق مزدحمةً، فلَم يمانع وانتظرَني.

غسلتُ وجهي، مسحتُ أحمرَ الشِّفاه، وأغلقتُ عباءتي، وتحجَّبتُ جيِّدًا، وبدَّلتُ حذائي، وارتديتُ الاحتياط الذي أحتفظُ به في السيَّارة.

قابلتُه، فقال لي:

- ديم، أريد أن أستخدمَ هاتفَكِ!

- تفضَّل.

كان يحدِّق بي وهو يطلبه، كنتُ أرى بؤبؤ عينه سينفجر أمامي، أخذَه مِن يدي بقوَّة، وأخذ يقلِّبه يمينًا ويسارًا، يقرأُ الرَّسائل النصيَّة رسالةً رسالة، رقمًا رقمًا، فلَم يجد أيَّ شيء ممَّا يتوقَّع.

وفي ذاتِ الوقتِ سحَبتُ هاتفَه أنا أيضًا، وطلبتُ أن أتفحَّصهُ، رمقني بنظرهِ لفترةٍ، وتركَني أتفحَّصهُ.

رأيتُ أرقامًا لفتياتٍ يتعرَّفُ عليهنَّ وبأسماء مستعارة مخزَّنةً في هاتفهِ، وقفتُ عند رسائل عديدة بدَت لي أنَّها مميَّزة لفتاةٍ اسمها بطَّة.

كنتُ أقرأُ رسائلها التي مزَّقَت قلبي نصفين، فالتفتيش في هاتفه غيَّرني، بدَّلني، حوَّلني مِن فتاةٍ هادئة إلى لبؤةٍ شرسة تريد أن تنقضَّ على فريستها.

صرختُ في وجهه، أمسكتُه مِن رأسه، أعلنتُ الحربَ عليه:

- مَن تكون بطَّة؟ أخبِرني!

كان وجهي يقابل وجهه، وعيني في عينه، قلبي يدقُّ بقوَّةِ قنبلةٍ نوويَّة تنفجر كلَّ لحظة، تتناثر دموعي دون أن أبكي.

كرَّرتُ سؤالي:

- خالد! مَن تكون بطَّة؟ أرجوك أجِبني!

لفَّ ذراعيه عليَّ، وطبعَ قُبلةً على رأسي، وقال:

- هذه ابنة أخي! ما بكِ يا ديم؟!

- ابنة أخيك تطلبُ منكَ أن تتَّصلَ بها ليلًا؟! وأيُّ أخ فيهم؟ فلا أعرفُ أنَّ أحدَهم قد تزوَّجَ.

فاتَّصلتُ بها مِن رقم هاتفه، لتردَّ:

- هلا والله! مِن طول الغيبات جاب الغنايم.

أنا وخالد كنّا صامتَين، طلبتُ منه أن يجيب عليها، لكنَّه لَم يردَّ، لتسأله بطَّة:

- ألو! شفيك ما تردّ؟

خالد صامت كصنم!

ديم:

- ألو! مَن أنتِ؟

- أنتِ متَّصلة مِن تليفون خلودي وتسألين مَن أنا؟

- اسأليه مَن أكون!

قطعَتِ الخطَّ.

ثعبان كبير لفَّني، عالَمٌ مخيفٌ مرعبٌ دمَّرني، خالد يعيش قصَّةَ حبٍّ جديدةٍ مع أخرى غيري؛ لهذا كان يتصنَّع المعارك معي ويتركُني لأيَّامٍ، كانت عندَه فريسةٌ جديدةٌ غيري، ويحتاج لوقتٍ يقضيه معها، وفيما بعد عرفتُ مَن بطَّة؛ إنَّها متزوِّجة، ولدَيها أبناء، وهي تعرفه منذ زمن بعيد حتَّى قَبل أن تتزوَّج، وكلَّما سنحَت لها الفرصة تخونُ.

تقرَّبتُ منها، لاطفتُها، تحدَّثثُ معها كصديقة حتَّى أعرف نوع العلاقة بينهما.

- متى تحادثين خالد يا بطة؟

- بعد العاشرة مساءً.

ديم:

- أها.. بعدما يودِّعني ليخلدَ للنوم، كان يخلدُ للغزل معكِ وأنا

مسكينة، لي الله!

***

مِن صفاتِ الشخص المصاب بهذا الاضطراب أنَّ النرجسيَّ

يكون غير قادرٍ على التعاطُف، لا يَشعر بألمكَ، ولا يقدِّرُ

انزعاجك ولا تعبك، ولا تعني له أكثر مِن تفخيمٍ وتعزيزٍ للأنا

بداخله.

فعندَما يتعرَّفُ عليك لأوَّل مرَّة يكون النرجسيُّ خجولًا لطيفًا

مهذَّبًا مهندمًا محترَمًا بطريقة مِن الصَّعبِ سردها، فتراهُ خدومًا

مثاليًّا مليئًا بالاستقرار والرُّوح العالية بشكلٍ يلفت انتباهك، ثمَّ

يبدأُ بإظهار الاهتمام غير العادي والمدح بطريقةٍ رغم المبالغة

فيها إلَّا إنَّها مدروسةٌ كثعبان يتلوَّى ويتلوَّن للوصول إلى الفريسة.

عادةً يختار النرجسيُّ أشخاصًا مميَّزين على شرط أن يكونوا متواضعين، كرماء وطبيعيِّين، وهذا الشيء يكتشفه عن طريق أوَّلِ تعامُلٍ معهم.

يجاهدُ على أن يجعلك تدمنه، بحيث يجعل لك أوقاتًا مِن برنامجه اليومي، وكلُّ ذلك لا يحدث إلَّا عن طريق دراسةِ طبيعة الفريسة؛ ماذا تحبُّ، وماذا تكره، ويتقمَّصُ شخصيَّاتٍ تعجبك وتلفت انتباهك، وتشعر أنَّه هديَّةُ الله لك، حتَّى تعتقد أنَّكَ التقيتَ بحلمِ عمرك.

وهناك نوعٌ آخَرُ مِن النرجسيين؛ وهو النرجسيُّ الخجولُ أو الخفيُّ الذي يكون محبوبًا مِن النَّاس بسببِ لطافته وحُسنِ تعامُلِه، (طالما أنَّكَ لستَ شريكًا له، أو طفله، أو منافسهُ المباشر في العمل)، على عكس النرجسيّ الصريح الذي يواصل الحديث عن ذاتِه، وأنَّهُ إنسانٌ أعلى مِن البشر، ويتصرَّف وكأنَّهُ الملكُ وأفضل خلق الله على الأرض، ودائمًا ما يكون حوله أشخاصٌ ذَوُو شخصية ضعيفة، ينبهرون به ولا يحبُّونهُ، فيمكنكَ كشفه وعدم التورُّط معه.

بعد أن يتأكَّد النرجسيُّ أنَّ الطرف الآخَر قد أكلَ الطُّعمَ، وبدأ حالة التعلُّق به، تبدأ المرحلة الثَّانية وهي التَّجاهُل والانسحاب دون أيّ سببٍ وبشكلٍ غريب، وإذا سألتَهُ عن

السبب يستغربُ استفسارك ويتجاهلُكَ، يتعامل معك بالصمت، حيثُ يَبقى صامتًا طوال الوقت لدرجة أنّكَ تحتار كيف يمكن لهذا الشخص أن يكونَ متحدِّثًا أو حتَّى منصِتًا بشكل جيد؟ وهنا تبدأ الضحيَّة بملاحقة إدمانه، وتنتظر اتصالًا منه، فيظلُّ يراقب أيَّ اتِّصال لعلَّ حبيبه هو المتَّصل، ويراقب صندوق رسائله لعلَّ رسالةً واحدة تأتي بريح يوسف، أو أنَّ لقاءً عابرًا في الطريق قد يُنعِش ما أُتلِفَ في قلب النرجسي، فيُشعِركَ أنَّكَ ارتكبتَ خطأً ما، أو أنَّكَ لا تُرضِي غرورهُ.

ثمَّ يعود النرجسيُّ فجأةً ومِن جديد، فيُظهِرُ هدوءًا ورزانةً ومحبَّةً وصُحبةً جميلة، ممَّا يجعل الضحيَّة يتعلَّقُ به مرَّة ثانية ويرتاح مؤقَّتًا، إلى أن تعود المرحلة الصامتة مِن جديد.

يبدأ النرجسيُّ بعد ذلك بمرحلة تدمير تقدير الضحيَّة الذاتيّ لنفسها وأي إنجازٍ قامت به، والتسخيف حتَّى بأساس الشخصيَّة التي أبدى إعجابه بها في المراحل الأولى.

في حال اعترض الطَّرَف الآخَر على الاستهزاء سيكون الردُّ مِن النرجسيّ، إمَّا "أنتَ مجنون" أو "أنا أمزح معك ولكنَّك حسَّاس للغاية"، يعني في الحالتين أنتَ المخطئ، فالشخصُ النرجسيّ نادرًا ما يعتذر، إذا انتقدتَهُ فإنَّهُ يعاقبك بالمعاملة الصامتة أيَّ

التجاهُل، أو أنَّه ينتقدُكَ بطريقةٍ أسوأ، ودومًا يشعر أنَّه في حالة تنافُسٍ معك.

أنتَ دائمًا معه بحالةِ صعودٍ وهبوط، تسمعُ منه جُمَلًا مثل: "أنا الوحيد الجيِّد"، أو "أنا لا يمكنني التَّعامُل مع هؤلاء النَّاس؛ لأنَّهم لا يرتقون لمستواي".

يحبُّ الانعزال وعدم مخالطةِ النَّاس، حتَّى إنَّه يحاول أن يعزل الطرفَ الآخَر عن محيطه، بل ويعطيهِ انطباعًا أنَّ هذا الشيء لمصلحته.

نادرًا ما يستمرُّ بعلاقاتٍ طويلةِ الأمدِ؛ لأنَّه يحبُّ أن يجدَ مزوِّدًا جديدًا للأنا التي بداخله، وضحيَّة جديدة تُشعِرُه بعظمته، لذلك مِن الممكن جدًّا أن يخون ويكذب؛ فهو لا يحبُّ تحمُّل المسؤولية أبدًا.

***

بعدَ هذه الحادثة عدتُ إلى البيت كالمجنونةِ أبكي وكأنِّي فقدتُ عزيزًا، وكأنَّني التقيتُ بعفريتٍ للتوِّ، خفتُ منه ومِن نفسي على قلبي، وهل سأعيد كَرَّةَ لمياء مِن جديد؟! كنتُ أظنُّ

أنّي مع رجلٍ مسكينٍ، يتيمٍ، مقهورٍ، مظلومٍ، وبلا حظٍّ، ولَم أكن أعلمُ أنّه زيرُ نساء.

عيَّشَني هذا الرجل في جحيم علاقاتِه، فأصبحتُ لا أثقُ به ولا بنفسي، أفقدَني صوابي، وهجرتُه لفترةٍ، ولَم أردَّ على اتِّصالاته ولا رسائله، وبقِيتُ وحيدةً أصارع همومي.

مؤمنةٌ أنَّ لكلِّ امرأة رادارًا يكشف لها مَن الصالح والطالح، للمرأة حواسّ إضافيّة غير الحواسِّ الخمس، وهبها اللهُ مِن دون حول لها ولا قوّة، ففي المرأة عينٌ ثالثةٌ وحسّاساتٌ خفيّةٌ لها عملية حسابيّة معقّدة؛ تعرفُ ما الذي يدور حولها مِن بُعدِ أمتارٍ، ففي المرأةِ آلةُ تصويرٍ، وجهاز إنذارٍ، وجهازٌ يلتقطُ الإشارات يصوِّرُ ويترجِمُ، يفسِّرُ ويكتبُ، يقرِّر ويوصل بَرقيّةً عاجلة لكلِّ الخلايا عند وجودِ خطبٍ ما، هنالك خطرٌ قادمٌ، هنالك امرأةٌ أخرى، عشيقةٌ، صديقةٌ، أيًّا كانت، فكلُّ أجهزة الإنذار الحمراء تتفعَّل فجأة وتضيء: هناك امرأةٌ جديدةٌ، وهنالك حالةُ طوارئٍ في حياتكَ، ومغص حادٌّ في بطنك يعتريكَ.. يؤرِّقُك.

***

قرَّرتُ تَركهُ وخِيانتَهُ

عدتُ إلى النَّوم مِن جديد لأنسى خالد، عدتُ إلى نفسي فأصبحت لا أعرفني، ولماذا أفعل في نفسي كلَّ هذا؟! هل خالدٌ يستحقُّ كلَّ هذا التعب؟!

في العالم رجالٌ كثرٌ، وفي الجامعة رسائل المعجبين على قبضة باب سيَّارتي، فأنا صغيرةٌ ومرغوبةٌ، فهل يُعقَل أن أدفن رأسي في التراب كنعامة مع خالد؟!

ففي العالم ما زال هناك رجالٌ يقدِّرون المرأةَ ويحترمونها، وليسوا كخالد، وفي العالم أكثرُ مِن خالدٍ، أفضلُ منه وأسوأ منه، ولكنِّي لَم أحبَّ إلَّا هو، فوجود هذا الرَّجل في حياتي كارثةٌ ستؤدِّي بي إلى الجحيم، سيحاسبني الله على روحي التي أزهقتُها مِن أجله، وقرَّرتُ تَركهُ وللأبد.

تركنا بعضَنا لفترةٍ بما يقارب الشهرين، لا نتحدَّث مع بعضٍ أبدًا، كنتُ أراه يدخل ويخرج مِن الماسنجر دون أن نكتب أيَّ كلمة.

وذات مساءٍ كتبَ لي:

- كم عدد أيّام فراقنا؟! هل تذكرين؟!

- لا أذكرُ، ولا يهمُّني!

- لا أتوقَّع ذلك؛ فأنتِ تحسبين أيام الفراق.

كان متأكِّدًا مِن أنَّهُ متأصِّلٌ بي، أحبُّه وأحسب أيَّامي معه، ولاثنين وستين يومًا وسبع ساعات وثماني دقائق افترقنا.. قلت له.

اتَّصل بي مباشرة، وطلبَ لقائي، فسألتُه:

- ما الدَّاعي مِن هذا اللِّقاء؟ فما بيننا انتهى يا خالد وبلا عودةٍ!

- مَن قالَ إنِّي أريدُ العودة؟! أريدُ فقط أن أقول شيئًا وجهًا لوجهٍ، وسأذهب.

***

عندَما تحاول الانفصال عن الشّخص النرجسيّ سيحاول الحفاظ عليكَ في حياته.

***

104

اتَّصَل بي وأنا في الطَّريق إليه، وطلب منِّي أن أبقي في سيارتي جالسةً دون حِراكٍ وأُنزِل نافذتي، وحينما اقتربَت سيَّارتُه مِن سيَّارتي أنزلَ نافذتَهُ أيضًا، وقذفَني بشيءٍ أسوَد كبيرٍ لَم أعرف ما هو إلَّا بعدما تمالكتُ نفسي وانتبهتُ، فوجدتُه تحتَ فرامل السيَّارة.

إنَّه هاتفُه المحمول، قذفَه بقوّةٍ، وأصابني على جبهتي، وأحدثَ لي أثرًا حتَّى اليوم يذكِّرُني به، وصرخَ في وجهي:

- خذي الهاتف بالأرقام والمكالمات والرَّسائل لكِ، تفحَّصيه كيفما أردتِ، واتركيه عندَك لأيَّامٍ مفتوحًا لتتأكَّدي أنِّي لا أعرفُ غيرَكِ، ولا أُحادثُ أيَّ فتاةٍ، وتذكَّري ألَّا تردِّي على أيٍّ مِن رفاقي ولا زملائي في العمل.

كانَ يتكلَّم بصوتٍ عالٍ ويصرخُ: أقولُ لكِ شيئًا، مِن الأفضل ألَّا تعودي، لا أريدُكِ ولا أحتاجُكِ، فلنفترق.

وانطلقَ بسيَّارته سريعًا، وتركني في ذهولٍ أنظرُ إليهِ، والدِّماءُ تسيل مِن جبهتي على وجهي، وهرب.

***

يمثِّل بعضُ النَّرجسيِّين خطرًا، ويلجؤون بدَورهم إلى العنف، والذي تتلخَّص مراحله كالتَّالي، أوَّلًا يبدأ العنفُ النَّرجسي بالتَّحقير مِن الشخص وأفكاره، ثمَّ مرحلة التَّحكُّم في الشخص والهيمنة على قراراته، لينتقل إلى مرحلة تفريغِ جميعِ شحناتِ الغضب عليه، وغالبًا ينتهي العنف النرجسي بالعنفِ الجسدي.

***

لَم أعُد إلى البيت يومَها، وذهبتُ لرؤيةِ صديقتي لتنقذني والدِّماء تسيل مِن رأسي على وجهي.

حينما رأتني خافَت واضطربَت قائلةً:

- ديم! ما الذي حدث؟ ما بكِ؟ مَن الذي فعل بكِ كلَّ هذا؟

انهرتُ وبكيتُ بكاءَ طفلةٍ فقدَت والديها، هرعَت صديقتي وجاءتني بالمعقِّم والمناديل والشَّاش، وقامت بإسعافات أوَّليَّة منزليَّة بسيطة، ولله الحمدُ؛ فقد كانَ الجرح خفيفًا جدًّا.

أخبرتُها بالذي حدث مع خالد، وفجَّرَت عليَّ قنبلةً مدويَّةً، قالت لي كلامًا كنتُ أحتاجُه:

- يا ديم، اسمعي، لألف مرَّة أقول لكِ إنَّ خالد لا يصلحُ، اتركيه، منذ أن تزوَّجَ تلك المرَّة وأنا أنصحُكِ أن تتركيه، هذا

الرَّجلُ غير طبيعي، مهما علا شأنه، مهما زادت نجماته على كتفيه ووصل، يبقى تافهًا، سوقيًّا، نرجسيًّا لا يحبُّ إلَّا نفسه.

ديم.. أنتِ قويَّة، وأذكِّرِكِ أنَّ اللهَ يحبُّكِ واختارَكِ لتكوني أنتِ مهما كنتِ، فلْتَعلمي شيئًا واحدًا يريدُه اللهُ منكِ، هو قلبُكِ.

مَن خلقَكِ فلن يتركَكِ، مهما كانَت ذنوبِكِ، مهما كان حجم خساراتك وتقاعُسكِ عن صلاتك وتقصيرك في دينك ودعائك، لن يتركَكِ الله.

فمحبَّتُه كبيرةٌ شاسعةٌ ليس لها حدودٌ، لا يتصوَّرها عقلٌ، ولا يحصرها بشرٌ، لا تستطيعين جمعَها في كتابٍ، ولا سردها لملحدٍ بدواوين، فالتَّواصُل مع الله ليس له طريقة واحدة أو معايير وأصول، حتَّى وأنتِ صامتةٌ حديثُك الدَّاخلي ونواياكِ يسمعُها اللهُ ويراها.

متأكِّدةٌ أنَّ اللهَ يريدُنا كما نحن، ويعرف نوايانا.. خططنا، ويتركنا نذهبُ حيث نهوَى، ويحقِّق لنا بعضًا منها، قد نسخطُ نغضبُ نبتئِس، نحزن ونسأله: لماذا أنا يا ربِّي؟ وفي الأخير نكتشفُ أنَّ إرادته كانت رحمةً، عزَّةً، خيرًا، وأنَّ القادمَ لطفٌ منه، وما هو إلَّا جبر خاطر.

كانَت كلمات صديقتي طبطبة، توجيهًا وإرشادًا، لا أعرف، ولكن هذه الإنسانة دائمًا تتركُ أحمالها على الله، فدائمًا تقولُ: إنَّ مَن يترك روحَه لله يتولَّاه، ومَن يترك روحه للبشر يتيه.

وأنا في طريق العودةِ إلى البيت، سمعتُ في إذاعة "الخليجيَّة" أغنيةً لعبد المجيد يقول فيها: "ما أدري باكر وش بيوجع مِن كلامك مِن جروحك، وأنا لها الحين يشفع قلبي ويقدّر ظروفك".

عدتُ للبيت وأمِّي سعيدةٌ بالسيَّارة الجديدة الّتي اشتراها والدي لها، تسلَّلتُ إلى غرفتي حتَّى لا ترى اللاصق على جبيني وتسألني عمَّا حدث، فلا أستطيع أن أجيبَ أحدًا عن الذي حدث!

تركتُ هاتف خالدٍ مفتوحًا، ولَم يتَّصِل عليه أحدٌ أبدًا في أوَّل يومٍ، مرَّ ثاني وثالث ورابع يومٍ ولَم يرنَّ هاتفهُ رنَّةً واحدةً، فهذا لا يُعقَل!

عقلي يخبرني أنَّ لدَيه هاتفًا آخَر لا أعرفُه، أو أنِّي فعلًا الوحيدة في حياته.

***

يشعرُ أنَّه متفوِّقٌ ومهمٌّ، ومِن حقِّه أن يكونَ فوق القوانين الاجتماعيَّة والأخلاقيَّة؛ لذلك يمارس سلوكيَّات خارجة عن العُرفِ والتَّقاليد، ومرفوضة اجتماعيًّا وأخلاقيًّا كالخيانة، فيرفض ويعارضُ بقوَّةٍ كلَّ القيود التي توضَعُ له، فيتصرَّف بناءً على رغباتهِ ودوافعه دون أن تعيقَه أعراف المجتمعِ، ولا يعبأُ بانتقادات الآخرين.

***

لَم تكُن لديَّ وسيلةٌ للتواصُل معه سِوَى (الماسنجر)، فهاتفُه عندي، ولا يوجد لدَيْهِ أي رقم آخَر أعرفه لأتواصلَ معه، كتبتُ له رسائلَ كثيرة أرجوه أن يرفع الحظر عنِّي، وأنَّه يجب أن نتفاهَم، ولَم يتجاوب، وظلَّ يتجاهلني، فلَم أكن أعرفُ هل يقرأ رسائلي، أم يحذفها مباشرة!

لَم يُحبِبني خالد كما أحببتُه، كنتُ إذا تشاجرنا أذهبُ إلى الهواتف العموميَّة التي في الشارع وأتَّصِل لأسمع صوته، وإذا أتعبني الحنينُ أخرجُ صورته مِن صندوقي السري الذي أحتفظُ به في خزانتي، فلديَّ صورةٌ تجمعنا قدَرِيًّا ونحن صغارٌ في حفل

زفاف عمّي، كنتُ صغيرةً جدًّا أقفُ بجانبه، ومِن خلفنا كعكة الزِّفاف، وجدتُها صدفةً وأنا أقلِّبُ في ألبومات الصُّورِ القديمة.

خالدٌ غريب الأطوار، لَم يكن يسمح لي أن أصوِّرَه، أو أن ألتقطَ لي صورة معه، كان حريصًا جدًّا على ذلك، وكنتُ أحترمُ قراراتِه، ولَم أفعلها ولو سرقة، ولَم أكن أعرفُ لماذا!

هديَّةُ خالد

بعد فترةٍ رفَع الحظر عن اسمي، وكتبَ لي:

- ماذا تريدين منّي؟

كتبتُ لهُ:

- أحبُّكَ، وأريدُ أن أعتذر عن سوء ظنّي وإهمالي واتّهاماتي.

وليتَني لَم أكتب؛ فقد أرسل لي بكلماتٍ كالصواعق، المخلوقات الفضائيَّة لا يعرفونها، شتم وألفاظ نابية لا يحفظها عاقلٌ، فقرَّرتُ أن أكون أفضلَ منهُ، وأصبر لأرى نهايتي معهُ.

اتَّفَقنا على أنِّي سأتغيَّر وسأفعل ما يريدُه، فقط أريدُه أن يهدأ ويرضى، فشخصيَّتُه صعبةُ المراس، سريعةُ الغضب، بطيئة الرِّضا، صعبةٌ جدًّا ولا تطاق، فحتَّى يرضى طلبَ منّي أن أرافقه في رحلة لمدة يوم كامل.

- رافقيني غدًا إلى مدينة العين.

- لا أستطيع يا خالد، يوم كامل! ماذا أقول لأسرتي؟!

- تصرَّفي.

- لا أستطيع ولا يمكن.

- إذن سنبقى بعيدًا وإلى الأبد.

***

رحلةٌ إلى مدينة العين

كانَ لي آخِر "كورس" في الجامعة، وتخرُّجي بعد شهرين، دعاني إلى رحلةٍ إلى مدينة العين، رفضتُ الدَّعوة بحجَّةِ أنِّي لا أستطيع أن أذهبَ لمكانٍ بعيدٍ، وعائلتي لا تسمحُ بذلك، غضبَ منّي، واتَّهمني بالجُبنِ، وأنِّي لا أستجيبُ لطلباته مثلما وعدتُه.

أخبرتُ أمي بأنِّي سأذهب إلى الجامعة منذ الصباح الباكر، وقد أتأخَّر لأنِّي لديَّ مشروع تخرُّج، وأحتاج أن أنهيه، فقَبِلَت أمِّي، ولأنِّي أحبُّه قَبِلتُ وذهبتُ معه إلى هذه الرحلة.

وفي طريق ذهابنا كنتُ أخبره أنِّي خائفةٌ، وهذهِ أوَّل مرَّة أزور مدينة العين، وماذا هناك؟ وأين سنذهبُ بالضبط؟ وكأنَّهُ تحقيقٌ.

قالَ لي:

- لا عليكِ، أمورُنا مرتَّبةٌ، لا تقلقي، فأنتِ معي، وأعدكِ أنِّي سأعيدُكِ إلى دبي في الوقت المحدَّد.

أخذني إلى فندق "هيلتون العين"، وفتح لي الباب:

- هيَّا انزلي!

- أنزِل إلى أين؟ فندق!

- نعم فندق.. انزلي، ألَم تقولي سوف تفعلين كلَّ ما أريدُ،
وستُطيعين الأوامر بلا سؤال؟

اسمعيني ديم، أنا رجلٌ عسكريٌّ لا أحبُّ اللَّعب والكذبَ، إمَّا
أن تكوني عند كلمتكِ، أو أُعيدُكِ الآن إلى دبي، وحالًا.

دبَّ الرُّعبُ في قلبي، السماء ليست سمائي، ولا الأرض
أرضي، لا أعرفُ ما الذي سيحدث لي في هذا اليوم!

أبي يتراءي لي، أمّي، أخي، أخواتي، أهلي، عمّي، سُمعتي،
الناس.

- خالد.. سؤالٌ صغيرٌ أرجوكَ، هل نحن ذاهبان لغرفةٍ نومٍ؟

- نعم، والمشكلة في ذلك! فلدَيكِ مهمَّة لن يستطيع أحدٌ أن
يفعلها سِواكِ.

فتأكَّدتُ أنّي أحببتُ مجنونًا، مريضًا نفسيًّا، رجلًا انتهازيًّا مع
مرتبة الشرف.

خلعتُ ثوب الأنوثة، وصرختُ في وجهه: ماذا تريد منّي؟

كانَ أقوى منّي، أمسكني مِن يدي بقوَّة، وسحبَني إلى الجهة
الغربيَّة مِن الفندق، وسأل الموظَّفَ عن حجزٍ باسْم خالدٍ في
المطعم.

ابتسمتُ وتنفَّستُ الصعداء، وقلتُ له:

- مِن دبي إلى العين مِن أجلِ مطعمٍ يا خالد!

بعدما جلسنا على الطاولةِ أظهرَ لي صندوقًا أزرقَ صغيرًا به شريطٌ أبيضُ وقلادة ذهبيَّةٌ على شكل قلبٍ به حرفَي اسمه واسمي، وكانت هذه أوَّل هديَّةٍ مِن خالد لي طوال سنواتِ تعارُفنا.

كان خالد بخيلًا ماديًّا ومعنويًّا، فلَم أكن ماديَّةً حتَّى أطلبُ منه شراء شيء، بل كنتُ أنا مَن يدفع للمطاعم مِن مصروفي الشخصي، وكان لا يصرُّ ولا يمانعُ، حينما كانت تشتكي لي طليقته عن بخله المادي والعاطفي لَم أُكذِّبها؛ فأنا عاشرتُه وعرفتُه، وبقِيتُ معه لأنِّي أحببتُه.

عدنا إلى دبي وهو يمازحني بالنكات، يضحكُ معي، يلمسُ يدي، يقبِّلُها ويعيدُها مكانها، ويمسكُها ويقبِّلُها مِن جديد، وأنا لا أعرفُ مَن هذا الذي معي، كيف يتغيَّر ويتبدَّل في لحظاتٍ؟!

قالَ لي:

- أريدُ ديم القديمة التي تحتويني، تحبُّني، تلاطفُني، لا تسأل أين كنت، ومع مَن تذهب، متى تعود، ماذا تفعل.

- أحبُّكَ خالد! أحبُّك لهذا أسألُكَ!

- مللْتُ كلَّ ذلك يا ديم، وأريدُ أن أعيش حرًّا طليقًا، وعلى أي
حالٍ مهما ابتعدتُ فسوف أعودُ لكِ، مهما ذهبتُ ورحلتُ سوف
أعودُ.

ابتلعتُ كلماته كسكاكينَ، وكان يجبُ عليَّ أن أسمعَ وأقبلَ
بناءً على الشروط، كان يذلُّني.. يهينُني وأصمتُ بناءً على الشروط.
كان يومًا جميلًا ستخلِّدُه ذاكرتي ما حييتُ، أذكرُ أنَّه رأى في
المطعمِ عائلةً عربيَّةً تجلس على طاولةٍ بعيدةٍ منَّا، فرمقَهم بعينه
وهمسَ لي:

- هل تعرفين هؤلاء الجالسين هناك؟
التفتُّ لأراهم، فقالَ:

- هؤلاء هاربون مِن بلادهم بسبب الثَّورةِ وما حدث!
لأوَّل مرَّةٍ يكلِّمُني عن عمله، وعرفتُ فيما بعد أنَّ مجيئنا إلى
هذا الفندق كان لسببٍ ولَم تكن دعوةً خاصَّةً، وإنَّما كانت مهمَّةً
رسميَّةً لحماية المجموعة.

***

الحدثُ العظيمُ

ومرَّت أيَّام بيننا ونحنُ على وفاقٍ، وفي شهر رمضان سألني خالدٌ:

- كم تبقَّى لكِ في الجامعة لتتخرَّجي؟

- هذا آخِر كورس لي، وسوف أتخرَّجُ سيِّدة أعمالٍ يا خالد!

- هل تحبينني؟

- ههههه! يعني شوي، مش كثير.

فاجأني:

- ما رأيُكِ لو خطبتُكِ؟

لَم أردَّ بأيّ كلمةٍ، فأنا لَم أتوقَّع هذه المفاجأة منه، لَم يخطر ببالي هذا الموضوع أبدًا، وما كنتُ فعلًا أفكِّرُ بالزَّواج لا منهُ ولا مِن غيره في هذه الفترة.

كنتُ سعيدةً بهذا الحبِّ، عاشقةً، هائمةً، ولا أريدُ أن يموتَ ما بيننا، فكانوا يقولون إنَّ الزواج يقتل الحب، وأنا لا أريدُه أن يموت.

لَم أَنَم تلك اللَّيلة، غنَّيتُ، طبَّلتُ، رقصتُ كراقصةِ باليه، كانت تراني أختي علياء وتنعتَني بالمجنونة، منذُ أن عرفتُ خالد وأنا مجنونة في نظرها.

أسابقُ الرِّيح لأراه، أرتدي ملابسَ معيَّنة لألتقيه، فكانت تظنُّ أنِّي مصابةٌ بانفصامٍ بالشخصيَّة، وأعيش شخصيَّتَين، شخصيَّة فتاةِ الجامعة الأنيقة التي تتزيَّن وتتبهرج، وشخصيَّة البنت التي تتحوَّل كعجوز فجأة.

تراني أتراقص فرِحةً تارةً، وحزينةً تارةً أخرى، أظلُّ لأيَّامٍ لا أريدُ أن أُحادثَ أحدًا، فلا تعرف ماذا يحدث في حياتي؛ لهذا قالت لي:

- الحمدُ والشكر لله، مش طبيعيَّة أنتِ! فيكِ حمّى! صافعلك جنِّي! شفيك ديم!

- ما يخصُّكِ، بتعرفين اشفيني بعد أيّامٍ، أكرميني بِسُكوتك.

فأنا في تلكَ اللَّحظات أريدُ كلَّ العالم وكلَّ مخلوقاتِ الأرض أن تعرفَ أنَّ ديمَ لخالد، وخالد لديم، ولَم تهمَّني شروط خالد تلك.

فاجأني بشروطٍ جديدةٍ تعجيزية على السابقة، إنَّه سيدفع مهرًا بحسب ظروفه، ولن يكونَ هناك حفلُ زفافٍ، وإنَّما سنتزوَّج بعقد قرانٍ على الصامتِ ونسافر، ولأنَّني أحبُّه قَبِلتُ.

جاء أهلهُ لخِطبتي بعد صلاةِ التراويح، زوجة عمي سيِّدةُ الجلسةِ تتحدَّثُ بِاسْمِ العائلة:

- يا أمَّ ديم، جِئنا نطرقُ الأبواب طالبين القُرب منكم، فابننا خالد يريدُ ديم على سنَّة الله ورسوله، سيتزوَّجان بعقد قرانٍ وحفلٍ عائليٍّ بسيط جدًّا، نحن معكم محفوف بين الأسرَتَين، وسيسافران لشهر العسل.

تعجَّبَت أمِّي مِن الطَّلب، بينما أضافت زوجة عمي:

- إنَّ أغلبَ العوائلِ وأصحاب الطبقة الاجتماعيَّة الراقية يتزوَّجون هذه الأيام بلا حفلاتٍ وأعراسٍ، فنحن جئناكم مِن الباب، ولَم ندخل مِن النوافذ، وخالد تزوَّج مرَّتَين وفشل، وخسر أموالًا طائلة فيما سبق، ولعلَّ الله يبارك لهما هذا الزواج.

أمِّي:

- لا أعتقد أنِّي أنا ووالدها سنرضى بهذا الطلب، ولا حتَّى ديم، فديم فرحتُنا الثَّانية، ونتمنَّى أن نفرح بها كما فرحنا بأختها سديم.

خالته:

- فكِّري في الأمر، واسألوا عن خالد، وسنتَّصل بكم لاحقًا.

غضبَت أمِّي جدًّا مِن هذا الطلب، وقالت: مَن يكونون حتَّى يتجرَّؤوا؟! ألا يخجلون؟! ما هذا الطلب؟! ابنتي ليسَت مطلَّقةً أو

عليلة ليأتوا بمثل هذه الشروط، وإنَّما ديم بنتٌ في عمر الزُّهور، ورفضَتِ الكثير مِن الخُطَّاب ليأتي شخصٌ مطلَّق اثنتين، وفرح معهما بحفلتين وقاعتَين وفستانين ومعازيم، وعند ابنتي ينتهي الأمر، ولا يمكن ولا يجوز!

مَن يظنُّون أنفسَهم؟! ألا يخافون الله؟! لدَيهم بناتٌ وسيُفعَل بهنَّ كما يفعلون.

أمِّي لَم تخبرني عن طلبهم ولا عن شروطهم بالرَّغم مِن أنَّ خالد متأكِّد مِن أنِّي سأُقنِع والدَيَّ بهذه الفكرة.

صمتُّ انتظرتُ أمِّي تفاتحني، فقالت:

- أبو ديم، اليوم جاء خالد ابن أخت هند زوجة أخيك لخطبة ديم.

وقبل أن تكمل أمِّي الموضوع، رفض والدي هذه الخطبة دون أي مقدِّمات عن الخاطب، ولا حتَّى مَن يكون خالد؛ فوالدي لدَيه نظريَّة في الناس قد تكون صحيحةً، وهي أنَّ العجينة الواحدة مهما اختلفَت أشكالُها تبقى نفس العجينة، فهو رأى كم عانى أخوه مع زوجتِه وأخلاقها والعراكات في المحاكم، فرفضَ الفكرة كلَّها.

بكيتُ كثيرًا يومها، ذهبتُ لغرفتي أكلِّم خالد، فكان صامتًا لا يتجاوب، لا يتحدَّث، أكان حزينًا هو أيضًا أم مصدومًا؟ لا أستطيع أن أفسِّر ردَّة فعله بالضَّبط سِوَى أنَّه كان صامتًا.

وعَدتُه أنِّي سأجاهد وأحاول، وطلبتُ منه أن يمنحني بعضَ الوقت.

خالد:

- الآن أبناءُ الشيوخ وكبارُ القومِ يتزوَّجون بلا حفلٍ، وأنتِ وأهلُكِ تريدون حفلًا وقرقعةَ طبولٍ ومعازيم، إنَّ إرضاءَ النَّاس غايةٌ لا تُدرَك! طيِّب، خذي وقتَكِ مع أهلِكِ، وسنرى ماذا ستفعلين.

تشجَّعتُ وذهبتُ لأمِّي لأسألها عمَّا حدث في الخطبة، فقالَت لي:

- ديم، هالنَّاس ما يناسبونا، ولا تسأليني أكثر.

- أمِّي! والمشكلة في أن أتزوَّج مِن دون زفاف؟! لعلَّ الله يبارك هذا الزواج بلا إسراف، وأغلب العوائل الكبيرة اليوم تتزوَّج بلا حفلات.

أمِّي:

- ومالنا ومال العوائل الكبيرة؟! نحن مِن العوائل الصغيرة، ونريد أن نفرح بكِ، تلبسين فستانًا أبيض مع مصوِّرين ومعازيم،

فالزواج إشهار وفرحٌ، وحضرتُه تزوَّجَ اثنتين وله ألبوم صورٍ وذكريات، وأنتِ لا! لماذا ترضين بزوج مطلَّق أولًا وأن تكوني رخيصةً؟!

- أمِّي.. سيكونُ زواجًا ملمومًا، وليس بالضَّرورة أن أدعو كلَّ سكَّان الكرة الأرضيَّة ليعرفوا أنِّي تزوَّجتُ.

- ديم.. اصمتي وأغلِقي هذا الموضوع وللأبد، ولماذا أنتِ مستعجلةً على الزواج؟! ما زلتِ صغيرةً، وسيأتي الأفضل والأنسب، أمَّا هذا فانسِيه ولا تهتمِّي للموضوع، هذا عمُّكِ أعرفه، لا أدري لماذا يُصِرُّ منذ سنوات على زواجك مِن هذا الخالد؟!

- أمِّي.. أنا استخرتُ وأشعرُ أنِّي مرتاحةٌ لهذا الرجل!

- لا مرتاحة ولا شيء! أنتِ فقط مستعجلةٌ على الزواج، وإذا هالناس شارين قُربنا سيعملون مثلما سيعمل كلُّ العالم، سكِّري الموضوع، وبعدين أنتِ ما تعرفين ليش طلَّق مرَّتين، هذا السؤال يحتاج إلى إجابة.

- أمِّي، أرجوكِ.. كدتُ أعترف لها بحبِّي.

صمتُّ وبكَيتُ في هذا اليوم أمام أمِّي، وكأنَّ روحًا تُنتزَعُ مِن جسدي، بكَيتُ بكاءَ مَن لا حول له ولا قوَّة:

- أُمِّي أرجوكِ، أختُه مريم صديقتي، تعرفينها! درسَت معي، وكانت دائمًا تتحدَّث عنه بالطيِّب، وأنَّه مختلفٌ عن إخوته.

أُمِّي:

- ما بينكِ وبين خالد؟

- لا شيء، أعرفه مِن حديث أخته، وتمنَّيتُه لي.

- حديث أخته وكلُّ هذا البكاء! وخالته تقول جئنا مِن الباب ولَم ندخل مِن النوافذ! طوال حياتي لَم أجبركنَّ على شيء، ولَم أكن قاسية في تعاملي معكنَّ، ولكن مَن يرخص نفسه يهان، ومَن لا يحسبك رأس مال لا تحسبيه خسارة.

تركَتْني وذهبَت، هنا شعرَت أُمِّي أنَّ بيني وبين خالدٍ علاقةَ حبٍّ، وأنِّي أعرفه وأحبُّه، وأنَّ كلَّ انفعالاتي وبكائي وسرحاني كان حبًّا.

عدتُ لخالد أكلِّمه وأُقنِعه أن يتنازل عن هذا الشرط، وأن يقيم لي حفلًا ولو بسيطًا، رفضَ وقال لي:

- هذا شرطي وأنتِ قَبِلتِ، إذا لَم يقتنِع والداك بالشروط فانسِيني، فأنا رجلٌ لديَّ التزاماتٌ، وظروفي لا تسمح لي أن أقيمَ عرسًا وخسائر مِن أجل حضور لا يعجبهم شيء.

- عشان العِشرة والسنوات، حاول دبِّر أمورك، اشتريني ولا تبيعني، مستعدَّة اصبر لحدِّ ما تتحسَّن ظروفك، لستُ مستعجلةً على الزواج.

- طيِّب بنشوف.

تحدَّثنا بعد هذه الحادثة مكالمتين فقط، وكان خالدٌ باردًا كالثَّلج، لا أعرفُ بماذا يفكِّر، وقلتُ له:

- إذا كنتَ تريد الزواج مِن أخرى، ترى عادي أخبرني، وإن كنتَ حصلتَ على فتاة تَرضى بشروطك فتوكَّل!

لَم يردَّ عليَّ ولا بكلمة، صمتَ لدقائق وقالَ لي بصوتٍ عالٍ يسمعُه جيرانُ الحَيّ:

- اسمعي يا ديم يا خائنة، يبدو أنَّ العلاقة بيننا وصلَت لطريق مسدود، وأنَّ الله لَم يكتبنا لبعض، وأنَّ الحياة مستمرَّة سواء معي أو مع غيري، وأنا عملتُ ما يعمله الرِّجال وعدَّاني العيب، أمَّا أنتِ ففي نظري خائنة، ولن تجِدي رجلًا بمعنى رجلٍ مثلي في حياتكِ، ولن تنسيني أبدًا ما حِييتِ.

- خائنة!

- نعم خائنة! اتَّفقنا على أنَّكِ ستُقنعين أُسرتَكِ بشروطي، ولكنَّكِ لَم تفعلي أيَّ شيءٍ لي سِوَى أنَّكِ تتعذَّرين بهم.

- أنا لا أتعذَّر بهم، هذا هو الواقع، أسرتي لهم حقٌّ عليَّ، ربّوني وكبّروني، ولهم احترامهم في حياتي، أعاملهم بالحسنى كما يعاملونني، لَم يقصِّروا بشيء، أرتدي أجمل الملابس وأغلاها، لديَّ سيَّارة سعرها يفوقُ سعر سيَّارتك بمرَّات وأنا ما زلتُ طالبةً وأدرس في أرقى الجامعات، ويعطيني والدي راتبًا لموظفٍ حكوميّ شهريًّا، وبعد كلِّ هذا ماذا تريدُني أن أفعل؟! أأهربُ معكَ؟!

كنتُ أتحدَّث وأُفسِّر، وما إن انتهَيتُ حتَّى وجدتُ أنَّهُ قطع الخطَّ بيننا.

كانت هذه المكالمةُ الأخيرة بيني وبين خالد، المكالمة التي قتلَتني، لَم يكُن يسمعُ ما أقول، لَم يكترث، لَم يعِرني وقتًا لأقنعه.. أُفهِّمه أَنِّي أحبُّه وأحبُّ أهلي، ومستحيل أن أدسَّ رأس أهلي في التراب وأهرب معه.

كانَ خالد نرجسيًّا بدرجة امتياز، تركني أصارع غيابه، كنتُ أتَّصِل على رقم هاتفه مِن الصبح إلى اللَّيل وبلا توقُّفٍ، كلَّما يقطع الاتِّصال أعود لأتَّصل به مِن جديد، اتَّصلتُ به مِن هاتفي، هاتف أخواتي، أُمِّي، البيت، الشارع، صديقاتي حتَّى يرُدَّ على مكالماتي، ولَم يكُن يرُدُّ.

خانَتني السنوات، وخذلني العمرُ، فأصبحتُ لا أطيق إلَّا خالد، ولا أهذي إلَّا بخالدٍ، ولا أرى إلَّا خالد.

أظلَم العالمُ بَعده، ابيضَّتِ السماءُ، وخسفَ القمر، وكسفتِ الشمس، انشقَّتِ الأرض، وتوقَّفَ كلُّ شيء، فأصبحتُ في حالة صدمة، أبحث عنه، أنتظرُه، حفظتُ شارعهم، وعرفتُ أطفال جيرانهم، ولعبتُ معهم لعلَّني أراه ويراني ويعقل.

غيَّر أرقامه، وحذف بريده، قطع كلَّ وسائلِ التَّواصُل وهربَ.

كتبتُ له كتبًا، قصائدَ، نثرًا، شِعرًا، لعلَّه يقرأ لي ويحنُّ قلبُه.

بحثتُ عن رقمهِ في كلِّ مكان، فتَّشتُ عنه، ناجَيتُه، كلَّما اتَّصل بي أحدٌ مِن رقم غريبٍ ظننتُه خالد.

مشَّطتُ الطرقات كالمجنونة، بكَيتُ على الرصيف في حيِّهم، زرتُ المطاعم والحدائق التي كنَّا نزورها لعلَّني أراه جالسًا وحده ينتظرني.

بحثتُ عنه في وجوه ضبَّاط الشرطة، في الجرائد، في التلفاز والأوراق والكتب، ولَم أجده.

اختفى خالدٌ وللأبد، تركني بلا وداع، ولا إلى اللِّقاء، ولا كلمات تهدِّئني، تركني دون أن أقول ما بداخلي، دون تفسير وتبرير، ما أصعب أن تضيِّع عمرًا في علاقةٍ نهايتُها تكون بهذه الوحشيَّة! فلَم تكن لديَّ وسيلةُ تواصُلٍ معه، هربَ خالدٌ وللأبد، وتركني بلا كلمةِ وداعٍ ورحل.

تعبتُ بعده، لَم أُشفَ مِن خالدٍ حتَّى اليوم بالرَّغم مِن مرور كلِّ تلك الأعوام، مثلما هدَّد فَعل، لَم ألتقِ بمثله شخصًا في حياتي يشبهُ في تصرُّفاته الغريبة، إلى أن قرأتُ عن النرجسيِّين، فأصبحتُ أعرفُهم مِن وجوههم، أقرأ أعينُهم، أشمُّ رائحتهم مِن بعيد، وأهرب منهم، وأغتالهم قبل أن يغتالوني، أصبحتُ معقَّدةً في الرِّجال، فكلَّما التقيتُ برجلٍ أخاف أن يكون خالد.

بعد مرورِ سنواتٍ عرفتُ أنَّ خالد جاء لخطبتي بهذه الشروط بخطَّة مدروسةٍ واتِّفاقٍ بينَه وبين هند زوجة عمِّي، ولا أعرف دوافعها، وما هذا الحقد الذي تكنُّه لعائلتي؟! فهل كانت خلافاتها مع عمِّي السبب؟ وبالرَّغم مِن عدم التدخُّلاتِ مِن العائلتين بهذه الخلافات إلَّا إنَّها صنفٌ آخَر مِن النرجسيِّين أيضًا، ويسمَّى بالنرجسيّ الخبيث.

وفيما بعد تزوَّجَت ابنتُها الوحيدة وهي ابنة عمِّي بحفلٍ ومعازيم وفرح وفستان صمَّمهُ مصمِّمٌ شهيرٌ، وصبابات ومصوِّرين محترفين، وراقصين روس جاؤوا خصِّيصًا لهذا الحفل، وبقاعة زفاف تضمُّ أكثر مِن سبعمائةٍ مدعوٍّ، وأراد الله أن يتمَّ هذا الزَّفاف بلا حضور سِوَى امرأة عمِّي وصهرها وعدد قليل جدًّا لا يتعدَّى الخمسين مدعُوًّا مِن أقارب العريس، أمَّا معازيمها فلا أحد حضر، وظلَّتِ الكراسي خاويةً مِن المعازيم.

***

النرجسيُّون الخبيثون يُظهِرون الشُّعورَ العدوانيَّ تجاه الآخرين، فساديَّتهم تفضحُهم، فهُم يستمتعون بآلامكَ وتعبك ومعاناتكَ دون أدنى شعورٍ بالتعاطُفِ.

عليك أن تحضِّر نفسَك جيّدًا لوعوده الواهية، إنَّه: "سيتغير"، بل إنَّه قد يبدأ حتَّى بالقيام ببعض الأمور مِن أجلكَ والتي لطالما كنتَ تتذمَّرُ بشأنها، فقد يخبركَ أيضًا أنَّك: "ستضيع مِن دوني"، و"لن تعثر على شخص مِثلي أبدًا في حياتك"، و"ستتذكَّرني إن خسرتَني ما حييت".

***

يقولُ (أورلوف): "فإنَّ هؤلاء عندما يفرغون مِن استغلالك، لا يجدون أدنى صعوبة في التخلُّصِ منكَ وإزاحتك جانبًا كما لو كنتَ خرقةً قديمةً".

***

بعد عامين مِن الغياب والانتظار، وأنا ما زِلتُ على عاداتي القديمة أنتظره، وأبحث عنه لعلَّه يحنُّ ويعود، فاجأني شخصٍ لا أعرفُه بإضافة.

قبِلتُ الدعوة، فوجدتُه خالد قد عاد لينبت مِن جديد.

بدأ الحوارَ معي بلطافةٍ وسلامٍ وأناقةٍ ومقدِّمات:

- ديم، أما زلتِ على قيد الحياة؟

- أين أنتَ يا خالد؟ لماذا فعلتَ كلَّ هذا؟ وما هذا الغيابُ الظالم؟

- موجودٌ في عالمي.

- في عالمكَ! أينَ أنا مِن عالمك يا خالد؟! أنتَ لَم تغادر عالمي، ولَم أستطع أن أنساك!

- متأكِّدٌ مِن ذلك.

- اتَّصِل بي لنتحدَّث، فأنا حتَّى رقم هاتفك لا أعرفُه!

- لا، لن أتَّصلَ بكِ!

- تقدَّمَ لي خاطب، أخبِرني إن كنتَ ما زلتَ تريديني أم لا، فأنا لا أتصوَّرُ نفسي لرجلٍ غيرك، أهلي سعداء بالخاطب وبأهله ومنصبه ومستواه الاجتماعي، فكلُّ فتاةٍ على ظَهر هذا الكوكب تتمنَّاهُ؛ فهو دكتورٌ في الجامعة، ومستواه التعليميُّ عالٍ، وأنتَ تعرف والدي، ما يهمُّه في الرَّجل هو تعليمهُ وسيرته.

- أها! خاطب قلتِ!

- نعم.

- إن كنتِ تريديني أن أتقدَّمَ لكِ مِن جديدٍ فسوف أفعلُ ما يريدُه أهلُكِ، ولكن لا تسأليني عن أي شيءٍ، أينَ كنتَ؟ وأين سأذهب؟ اسمعي، سوف أتحدَّثُ مع مَن تحلو لي، أراسلُ أيَّ فتاةٍ أريدُها، لا أريدُ غيرتَكِ القاتلة وملاحقاتك وتدخُّلك في عملي.

- عملُكَ! ومنذُ متى أنا أتدخَّل في عملك؟! ولكنَّكَ ستتزوَّج امرأةً، زوجةً، شريكةً، خليلةً، ولن تتزوَّجَ كرسيًّا مرميًّا في زاوية البيت، لستُ صنمًا يا خالد!

- إذن لا نتناسب، مع السلامة.

- انتظِر، سوف أقول شيئًا.

أغلقَ المحادثةَ ولَم يعُد خالد، كنتُ أريدُ أن أقولَ له كيف أتزوَّج وأنا متزوِّجةٌ؟! كيف أزفُّ لرجلٍ آخَر وهو في قلبي؟!

بعدها بعدَّة أسابيع عادَ ووضعَ لي بيتَ شعرٍ مِن أغنية لمحمد عبده: "حلو اللَّيالي توارى مثل الأحلامي"، وطلب منّي رابط الأغنية، وعاد يسألني:

- ماذا؟ قَبِلتِ بالخاطب؟

- لا شيء، سوف أتزوَّج.

- تكذبين!

- سنرى مَن يكذب.

كنتُ مغفَّلةً، ساذجةً حينما صدَّقتُ أنَّه سيتقدَّم لي، فكان يستغلُّني للمرَّة الألف، ففي نفس الفترة التي غاب بها عنِّي كان قد عقد قرانه على فتاةٍ أخرى، ويبدو أنَّه اكتشفَ مِن جديد بأنَّها ليست كما يتمنَّى، ولكنَّه مضطرٌّ على الاستمرار معها للمرَّة الثالثة؛ فهي أختُ صديقه المقرَّب.

أمَّا أنا فرفضتُ الخطبة والدكتور، ولَم أتزوَّج، صُمتُ لسنوات عن العلاقات، وعكفتُ عن كلِّ شيء، أصبحتُ راهبة في حب خالد، تحدَّثتُ مع الدكتور ولَم أستطِع أن أحتمل وجود رجل بهذه السهولة في حياتي، رؤيته كانت تعذِّبني، لا أريد أن أبدأ علاقة مِن جديد، صارحتُ أمِّي أنِّي غير مستعدَّة لهذا الزواج، فغضبَت منِّي، وصمتَت لشهر تقريبًا لا تحادثني، ومع مرور الوقت تفهَّمَت وضعي.

بعد مرور ثلاثة عشر عامًا، لَم أفلح في نسيانه، ولا التغاضي عن كل ما حدث، تعِبَت أمِّي مِن الحديث معي لتغيير رأيي وقبول الزواج، وأنِّي كبرتُ كثيرًا، وأخواتي تزوَّجن، حتَّى أختي علياء الصغيرة لدَيها ثلاثة أبناء وأنا ما زلتُ عاكفة عن كلِّ شيء.

كنتُ محظوظة في شيء واحد، وهو وجود صديقاتي وإصرارهنَّ على مساعدتي على النهوض مِن أجلي، وهأنا اليوم

سأتزوَّج مِن عبد الله زميلي في العمل، رجل خلوق، طيِّب، مِن أسرة محترمة، وعلى يقين بأنِّي سأعيش السعادة معه.

لا أقول لكم إنِّي نسيتُ خالد، ولكنِّي تناسيتُه، بردتُ جدًّا وتعلَّمتُ، فكلَّما جاءت يدي على الجرح تحسَّستُه، تألَّمتُ وتذكَّرت رحمةَ الله بي، وحمدتُه لأنَّه أنجاني منه ومِن جنونه، فلو تزوَّجتُه لكنتُ اليوم ضحيَّة مِن ضحايا النرجسي لزواج فاشل لا يسمن ولا يغني مِن جوع.

***

رسالة الواتساب تلك التي هزَّتني بعد كلِّ هذه السنوات وفي يوم زواجي، والتي جعلَتني أضطرب، وأنسَتني كلَّ هذه الوقائع والأحداث لبرهةٍ، قرأتُها مرارًا، تحسَّستُ جرحي، وضعتَ يدي على رأسي وقلبي، قرأتُ كل ما أحفظه مِن القرآن على جسدي، قطعتُ شريط أفكاري ذاك، وتركتُ السماء تغسلني تحت المطر. ابتسمتُ.. كتبتُ له: "لَم تكن إنسانًا معي ليوم واحدٍ، رغم مرور السنين أعترف بأنِّي أحببتُكَ حبًّا لن تلتقي بمثله لا على الأرض ولا في السماء، اليوم أنا غير مستعدَّة بأن أخسر الجنة

لأعيش النار معك مِن جديد، ولا أقبل أن أخوض حربًا لا فائز فيها، فمِن واجبك وحقوقي عليك أن تتمنَّى سعادتي لا دماري".

ديم

عدتُ إلى غرفة العروس في الفندق مبتلَّة بماء المطر، وجدتُ باقة مِن الزهور كبيرة جدًّا جميلة ملوَّنة، وبجانبها هدية مرسَلة مِن رجل حياتي مكتوب عليها: "مبروك عروستي، نحن لبعض وللأبد".

حبيبك عبد الله"

قُرِعَتِ الطبول، وبدأَتِ الزفَّة، ودخلتُ مع عبد الله على الحضور معًا، فكان دخولًا ملكيًّا مميَّزًا، كان ممسِكًا بيدي طوال الزفَّة لَم يتركها.

أحبَّني عبد الله مثلما أحببتُ خالد وأكثر، وفضَّلني على الكثيرات، ففي كلِّ صورة تمَّ التقاطها لنا كان يهمس لي في أذني: أحبُّكِ ديم!

كانت صوري الفوتوغرافيَّة جميلة جدًّا، في كلِّ التفاتة أبتسم وأضحك؛ فالسعادة كانت تغمرني، شددتُ على يديه بقوَّة وكأنَّه الكنز الثمين الذي جاء بعد عُمر.

* * *

الشخص النرجسيُّ معروف عنه أنَّه لا يمكنه البقاء وحيدًا دون اهتمام يحيط به مِن الآخَرين، لذا سوف يعود مرَّةً أخرى محاوِلًا استغلالك أيضًا حتَّى يشعر بالفوز؛ لأنَّ فشله في تلك العلاقة يهدِّد غروره، وهذا ما يحاول أن ينفيه عن نفسه.

الشخص النرجسيّ يتقنُ فنَّ التلاعب بمشاعرك، سوف تجدين نفسكِ أمام شخص حنون وكريم، لدَيه قلب قادر على احتوائك، كما أنَّه يُشعِركِ بأهميَّتكِ الكبيرة.

رغبة النرجسيّ في العودة بعد الفراق قد تكون نابعة مِن عدم قدرته على إيجاد بديل يمارس عليه سيطرته وتلاعبه، في حال استمرَّت علاقتكما لفترة طويلة فهذا يعني أنَّهُ يعلم بنقاط ضعفكِ، كما أنَّه يعلم الثَّغرة التي يحاول العودة لكِ عن طريقها؛ لذا انتظِري عودة النرجسيّ عاجِلًا غير آجل.

مِن أبرز صفاته عدم قدرته في الحفاظ على علاقة صحيَّة مع مَن حوله، حيث يرى أنَّه أفضل منهم؛ لذا يجد صعوبة في التعامُل مع الآخَرين، كما يرى أنَّهم امتداد له.

تراه دائم التركيز على ذاته، حيث يرى أنَّه الأفضل والأذكى، وأنَّه يستحقُّ الاهتمام مِن الآخَرين، بالإضافة إلى أنَّه محطُّ أنظارهم.

النرجسي شخص انتهازيٌّ واستغلاليٌّ مِن الدَّرجة الأولى، دائم الشعور بالعظمة، وأنَّ الكون يدور مِن حوله، فهو يدَّعي معرفة العديد مِن الأشياء، وأنَّ لدَيه معلومات عن جميع المجالات، فهو دائم المفاخرة بإنجازاته وأعماله، وينظر إلى الآخَرين نظرات ساخرة ظنًّا منه أنَّهم ليسوا بالمستوى الذي يليق به، وأنَّهم أقلُّ شأنًا منه؛ لذا لغة جسده متعجرفة، يتأثر بشكل كبير بالإهانات والشتائم على الرَّغم مِن الثقة والغرور الذي يُظهِره إلى الآخرين، يتسبَّب في الإيذاء النفسي للأشخاص المحيطين به، فكونوا على حذر.

النهاية